Три года

契诃夫小说选集

三 年 集

〔俄〕契诃夫 著

汝龙 译

人民文学出版社

图书在版编目（CIP）数据

契诃夫小说选集. 三年集/（俄罗斯）契诃夫著；汝龙译. —北京：人民文学出版社，2021
ISBN 978-7-02-012927-0

Ⅰ.①契… Ⅱ.①契…②汝… Ⅲ.①短篇小说—小说集—俄罗斯—近代 Ⅳ.①I512.44

中国版本图书馆CIP数据核字（2017）第136744号

策划编辑	张福生
责任编辑	李丹丹
装帧设计	刘　静
责任印制	王重艺

出版发行	人民文学出版社
社　　址	北京市朝内大街166号
邮政编码	100705
网　　址	http://www.rw-cn.com
印　　刷	三河市博文印刷有限公司
经　　销	全国新华书店等
字　　数	89千字
开　　本	787毫米×1092毫米　1/32
印　　张	7.25
印　　数	1—3000
版　　次	2021年4月北京第1版
印　　次	2021年4月第1次印刷
书　　号	978-7-02-012927-0
定　　价	29.00元

如有印装质量问题，请与本社图书销售中心调换。电话：010-65233595

目　　次

宝贝儿 ………………………………………… 1

怪谁？ ………………………………………… 27

嘘！…… …………………………………… 35

三年 …………………………………………… 43

宝 贝 儿

退休的八品文官普列米扬尼科夫的女儿奥莲卡①,坐在当院的门廊上,想心事。天气挺热,苍蝇讨厌地钉着人,不飞走。人想到不久就要天黑,心里那么痛快。乌黑的雨云从东方推上来,潮湿的空气时不时地从那边吹来。

库金站在院子中央,瞧着天空。他是剧团经理人,经营着"季沃里"游乐场,他本人就寄住在这个院里的

---

① 奥莉加的爱称。

一个厢房内。

"又要下雨了!"他灰心地说,"又要下雨了!天天下雨,天天下雨,好像故意跟我为难似的!这简直是要我上吊!这简直是要我破产!天天要赔一大笔钱!"

他举起双手一拍,朝奥莲卡接着说:

"喏!奥莉加·谢苗诺芙娜,我们过的就是这种日子。真要叫人哭一场!一个人好好工作,尽心竭力,筋疲力尽,夜里也睡不着觉,老是想怎样才能干好。可是结果怎么样?先不先,观众就是些没知识的人,野蛮人。我为他们排顶好的小歌剧、精致的仙境剧,请第一流的演唱家,可是难道他们要看吗?你当是他们看得懂?他们只要看滑稽的草台戏哟!给他们排庸俗的戏就行!其次,请您看看这天气吧,差不多天天晚上都下雨。从五月十号起下开了头,一连下了整整一个五月和一个六月。简直要命!看戏的一个也不来,可是租钱我不是照旧得付?演员的工钱我不是也照旧得给?"

第二天傍晚,阴云又四合了,库金歇斯底里般地狂笑着说:

"那有什么关系?要下雨就下吧!下得满花园灌满水,把我活活淹死就是!叫我这辈子倒霉,到了下一个世界也还是倒霉!让那些演员把我扭到法院去就是!法院算得了什么?索性把我发配到西伯利亚去做苦工好了!送上断头台就是!哈哈哈!"

到第三天还是那一套……

奥莲卡默默地、认真地听库金说话,有时候眼泪从她的眼眶里滚出来。临了,他的不幸打动她的心,她爱上他了。他又矮又瘦,脸色发黄,头发往两边分梳,讲话用的是尖细的男高音,他一讲话就撇嘴。他脸上老是有灰心的神情,可是他还是在她心里挑起一种真正的深厚感情。她老得爱一个人,不这样就不行。早先,她爱她爸爸,现在他害了病,在一个黑房间里坐在一把圈椅上,呼吸困难。她还爱过她的姑妈,往常她姑妈隔一年总要从布良斯克来一回。再往前推,她在上初级中学的时候,爱过她的法语教师。她是个文静的、心好的、体贴人的姑娘,生着温顺柔和的眼睛和很结实的身子。男人要是看见她那胖嘟嘟的红脸蛋儿,看见她那生着一颗黑痣的、柔软白净的脖子,看见她一听到什么愉快的事情脸上就绽开的天真善良的笑容,就会暗想:"对了,这姑娘挺不错……"就也微微地笑,女客呢,在谈话中间往往情不自禁,忽然拉住她的手,忍不住满心爱悦地说:

"宝贝儿!"

这所房子坐落在城边茨冈区,离"季沃里"游乐场不远,她从生出来那天起就一直住在这所房子里,而且她父亲在遗嘱里已经写明这房子将来归她所有。一到傍晚和夜里,她就听见游乐场里乐队奏乐,鞭炮噼啪地爆响,她觉得这是库金在跟他的命运打仗,猛攻他的大仇人——淡漠的观众,她的心就甜蜜地缩紧,她没有一点睡意了。等到天快亮了,他回到家来,她就轻轻地敲自己寝室的窗子,隔着窗帘只对他露出她的脸和一边的肩膀,温存地微笑着……

他就向她求婚,他们结了婚。等到他挨近她,看清她的脖子和丰满结实的肩膀,他就举起双手轻轻一拍,说:

"宝贝儿!"

他幸福,可是因为结婚那天昼夜下雨,灰心的表情就始终没有离开他的脸。

他们婚后过得很好。她掌管他的票房,照料游乐场的内务,记账,发工钱。她那绯红的脸蛋儿,可爱而天真的、像在发光的笑容,时而在票房的小窗子里,时而在饮食部里,时而在后台,闪来闪去。她已经常常对她的熟人说,世界上顶了不起、顶重要、顶不能缺少的东西就是剧院,只有在剧院里才可以享受到真正的快乐,才会变得有教养,有人道主义精神。

"可是难道观众懂得这层道理吗?"她说,"他们只要看滑稽的草台戏!昨天晚场我们演改编的《浮士德》,差不多全场的包厢都空着,不过要是万尼奇卡和我叫他们上演一出庸俗的戏,那您放心好了,剧院里倒会挤得满满的。明天万尼奇卡和我叫他们上演'奥尔菲欧司在地狱'。请您过来看吧。"

凡是库金讲到剧院和演员的话,她统统学说一遍。她也跟他一样看不起观众,因为他们无知,对艺术冷淡。她在彩排的时候出头管事,纠正演员的动作,监视乐师的品行。遇到本城报纸上发表对剧院不满意的评论,她就流泪,然后跑到报馆编辑部去疏通。

演员们喜欢她,叫她"万尼奇卡和我",或者"宝贝儿"。她怜惜他们,稍稍借给他们一点钱。要是他们偶尔骗了她,她就偷偷流几滴眼泪,可是不告到她丈夫那儿去。

冬天他们也过得很好。整个一冬,他们租下本城的剧院演戏,只留出短短的几个空当,或是让给小俄罗斯的剧团,或是让给魔术师,或是让给本地业余爱好者上演。奥莲卡发胖了,由于心满意足而容光焕发。库金却黄下去,瘦下去,抱怨赔累太大,其实那年冬天生意不错。每天夜里他都咳嗽,她就给他喝覆盆子花汁和菩提树花汁,用香水擦他的身体,拿软和的披巾包好他。

"你真是我的心上人!"她捋平他的头发,十分诚恳地说,"你真招我疼!"

到四旬斋①,他动身到莫斯科去请剧团。他一走,她就睡不着觉,老是坐在窗前,瞧着星星。这时候她就把自己比做母鸡:公鸡不在窠里,母鸡也总是通宵睡不着,心不定。库金在莫斯科耽搁下来,写信回来说到复活节才能回来,此外,关于"季沃里"他还在信上交代了几件事。可是到受难节②前的星期一,夜深了,忽然传来不吉利的敲门声,不知道是谁在用劲捶那便门,就跟捶一个大桶似的——嘭嘭嘭!睡意蒙眬的厨娘光着脚啪嗒啪嗒地踩过泥水塘,跑去开门。

"劳驾,请开门!"有人在门外用低沉的男低音说,

---

① 基督教的大斋期,在复活节前的四十日内,纪念耶稣在荒野绝食。
② 基督教的节日,在复活节前的一周,纪念耶稣受难。

"有一封你们家的电报!"

奥莲卡以前也接到过丈夫的电报,可是这回不知什么缘故,她简直吓呆了。她用颤抖的手拆开电报,看见了如下的电文:

> 伊万·彼得罗维奇今日突然去世星期二究应如河殡葬请吉示下。

电报上真是那么写的——如"河"殡葬,还有那个完全讲不通的字眼"吉"。电报上是歌剧团导演署的下款。

"我的亲人!"奥莲卡痛哭起来,"万尼奇卡呀,我的爱人,我的亲人!为什么当初我跟你要相遇?为什么我要认识你,爱上你啊?你把你这可怜的奥莲卡,可怜的、不幸的人丢给谁哟?……"

星期二他们把库金葬在莫斯科的瓦冈科沃墓地。星期三奥莲卡回到家,刚刚走进房门,就往床上一倒,放声大哭,声音响得隔壁院子里和街上全听得见。

"宝贝儿!"街坊说,在自己胸前画十字,"亲爱的奥莉加·谢苗诺芙娜,可怜,这么难过!"

三个月以后,有一天,奥莲卡做完弥撒走回家去,悲悲切切,深深地哀伤。凑巧有一个她的邻居瓦西里·安德烈伊奇·普斯托瓦洛夫,也从教堂走回家去,跟她并排走着。他是商人巴巴卡耶夫木材场的经理。他戴一顶草帽,穿一件白坎肩,坎肩上系着金表链,看上去与其说像商人,还不如说像地主。

"万事都由天定,奥莉加·谢苗诺芙娜,"他庄严地说,声音里含着同情的调子,"要是我们的亲人死了,那一定是出于上帝的旨意,遇到那种情形我们应当忍住悲痛,逆来顺受才对。"

他把奥莲卡送到门口,对她说了再会,就往前走了。这以后,那一整天,她的耳朵里老是响着他那庄严的声音,她一闭眼就仿佛看到他那把黑胡子。她很喜欢他。而且她明明也给他留下了好印象,因为不久以后就有一位不大熟识的、上了岁数的太太到她家里来喝咖啡,刚刚在桌旁坐定就立刻谈起普斯托瓦洛夫,说他是一个可靠的好人,随便哪个到了结婚年龄的姑娘都乐于嫁给他。三天以后,普斯托瓦洛夫本人也亲自上门来拜访了。他没坐多久,只不过十分钟光景,说的话也不多,可是奥莲卡已经爱上他了,而且爱得那么深,通宵都没睡着,浑身发热,好像害了热病,到第二天早晨就派人去请那位上了岁数的太太来。婚事很快就讲定,随后举行了婚礼。

普斯托瓦洛夫和奥莲卡婚后过得很好。通常,他坐在木材场里直到吃午饭的时候,饭后就出去接洽生意,于是奥莲卡就替他坐在办公室里,算账、卖货,直到黄昏时候才走。

"如今木材一年年贵起来,一年要涨两成价钱,"她对顾客和熟人说,"求主怜恤我们吧,往常我们总是卖本地的木材,现在呢,瓦西奇卡只好每年到莫吉列夫省去办木材了。运费好大呀!"她接着说,现出害怕的神情双手捂住脸,"好大的运费!"

三　年　集

她觉得自己仿佛已经做过很久很久的木材买卖,觉得生活中顶要紧、顶重大的东西就是木材。什么"梁木"啦,"原木"啦,"薄板"啦,"护墙板"啦,"箱子板"啦,"板条"啦,"木块"啦,"毛板"啦等等,在她听来,那些字音总含着点亲切动人的意味。……夜里睡觉以后,她梦见薄板和木板堆积如山,长得没有尽头的一串大车载着木材从城外远远的什么地方走来。她还梦见一大批十二俄尺高、五俄寸厚的原木竖起来,在木材场上开步走,于是原木、梁木、毛板,彼此相碰,发出干木头的嘭嘭声,一会儿倒下去,一会儿又竖起来,互相重叠着。奥莲卡在睡梦中叫起来,普斯托瓦洛夫就对她温柔地说:

"奥莲卡,你怎么了,亲爱的?在胸前画十字吧。"

丈夫怎样想,她也就怎样想。要是他觉得房间里热,或者现在生意变得清淡,她就也那么想。她丈夫不喜欢任何娱乐,遇到节日总是待在家里。她就也照那样做。

"你们老是待在家里或者办公室里,"熟人们说,"你们应当去看看戏剧才对,宝贝儿,要不然就去看一看杂技也是好的。"

"瓦西奇卡和我没有工夫上剧院去,"她庄重地回答说,"我们是工作的人,我们可没有工夫去看那些胡闹的东西。看戏剧有什么好处呢?"

每到星期六普斯托瓦洛夫和她总是去参加彻夜祈祷,遇到节日就去做晨祷。他们从教堂出来,并排走回家去的时候,总是现出感动的脸容。他们俩周身都有一股好闻的香气,她的绸子连衣裙发出好听的沙沙声。在家里,他们喝茶,吃奶油面包和各种果酱,然后他们吃馅饼。每天中午,他们院子里和大门外街道上,总有红甜菜汤、煎羊肉,或者烧鸭子等等喷香的气味,遇到斋日就有鱼的气味,谁走过他们家的大门口都不能不犯馋。在办公室里,茶炊老是滚沸,他们招待顾客喝茶,吃面包圈。两夫妇每个星期去洗一回澡,并肩走回家来,两个人都是满面红光。

"没什么,我们过得挺好,谢谢上帝,"奥莲卡常常对熟人说,"只求上帝让人人都能过着瓦西奇卡和我这样的生活就好了。"

每逢普斯托瓦洛夫到莫吉列夫省去采办木材,她总是十分想念他,通宵睡不着觉,哭。有一个军队里的年轻兽医斯米尔宁寄住在她家的厢房里,有时候傍晚来看她。他来跟她谈天,打牌,这样就解了她的烦闷。特别有趣味的是他自己的家庭生活的种种事情。他结过婚了,有一个儿子,可是他跟妻子分居,因为她对他变了心,现在他还恨她,每月汇给她四十卢布做儿子的生活费。听到这些话,奥莲卡就叹气,摇头,替他难过。

"唉,求上帝保佑您,"在分手时候,她对他说,举着蜡烛送他下楼,"谢谢您来给我解闷儿,求上帝赐给您健康,圣母……"

她学丈夫的样,神情总是十分庄严稳重。兽医已经走出楼下的门外,她喊住他,说:

"您要明白,弗拉基米尔·普拉托内奇,您应当跟您的妻子和好。您至少应当看在儿子的分上原谅她!……您放心,那小家伙心里一定都明白。"

等到普斯托瓦洛夫回来,她就把兽医和他那不幸的家庭生活低声讲给他听,两个人就叹气,摇头,谈到那男孩,说那孩子一定想念父亲。后来,由于思想上发生了某种奇特的联系,他们两个都到圣像前面去,双双跪下叩头,求上帝赐给他们儿女。

就是这样,普斯托瓦洛夫夫妇在相亲相爱和融洽无间里平静安分地过了六年。可是,唉,一年冬天,瓦西里·安德烈伊奇在场里喝饱热茶,没戴帽子就走出门去卖木材,得了感冒,病了。她请来顶好的医生给他治病,可是病一天天重下去,过了四个月他就死了。奥莲卡就又守寡了。

"你把我丢给谁啊,我的亲人?"她送丈夫下葬后痛哭道,"现在没有了你,我这个苦命的不幸的人怎么过得下去啊?好心的人们,可怜可怜我这个无依无靠的孤魂吧……"

三　年　集

她穿上黑衣服,缝上白丧章,永远不戴帽子和手套了。她不大出门,只是间或到教堂去或者到丈夫的坟上去,老是待在家里,跟修道女一样。直到六个月以后,她才去掉白丧章,开了护窗板。有时候可以看见她早晨跟她的厨娘一块儿上市场去买菜,可是现在她在家里怎样生活,她家里情形怎样,那就只能猜测了。大家也真是在纷纷猜测,因为常看见她在自家的小花园里跟兽医一块儿喝茶,他对她大声念报上的新闻,又因为她在邮政局遇见一个熟识的女人,对那女人说:

"我们城里缺乏兽医的正确监督,因此发生了很多疾病。常常听说有些人因为喝牛奶得了病,或者从牛马身上招来了病。实际上对家畜的健康应该跟对人类的健康那样关心才对。"

她重述兽医的想法,现在她对一切事情的看法跟他一样了。显然,要她不爱什么人,她就连一年也活不下去,她在她家的厢房里找到了新的幸福。换了别人,这种行径就会受到批评,不过对于奥莲卡却没有一个人能够往坏里想,她生活里的一切事情都可以得到谅解。他们俩的关系所起的变化,她和兽医都没对外人讲,还极力隐瞒着,可是这还是不行,因为奥莲卡守不住秘密。每逢他屋里来了客人,军队里的同行,她就给他们斟茶,或者给他们开晚饭,谈起牛瘟,谈起家畜的结核病,谈起本市的屠宰场。他呢,忸怩不安,等到客人散掉,他就抓住她的手,生气地轻声说:

"我早就要求过你别谈你不懂的事!我们兽医谈到我们的本行的时候,你别插嘴。这真叫人不痛快!"

她惊讶而且惶恐地瞧着他,问道:

"可是,沃洛杰奇卡,那要我谈什么好呢?"

她眼睛里含着一泡眼泪,搂住他,求他别生气。他们俩就都快活了。

可是这幸福没有维持多久。兽医动身,随着军队开拔,从此不回来了,因为军队已经调到很远的什么地方去,大概是西伯利亚吧。于是剩下奥莲卡孤单单一个人了。

现在她简直孤苦伶仃了。父亲早已去世,他的圈椅扔在阁楼上,布满灰尘,缺了一条腿。她瘦了,丑了,人家在街上遇到她,已经不照往常那样瞧她,也不对她微笑了。显然好岁月已经过去,落在后面。现在她得开始过一种新的生活,一种不熟悉的生活,关于那种生活还是不要去想的好。傍晚,奥莲卡坐在门廊上,听"季沃里"的乐队奏乐,鞭炮噼啪地响,可是这已经不能在她心头引起任何思想了。她漠不关心地瞧她的空院子,什么也不想,什么也不盼望,然后等到黑夜降临,就上床睡觉,梦见她的空院子。她固然也吃也喝,不过那好像是出于不得已似的。

顶顶糟糕的是,她什么见解都没有了。她看见她周围的东西,也明白周围发生些什么事情,可是对那些东西和事情没法形成自己的看法,也不知道该说什么好。没有任何见解,那是多么可怕呀!比方说,她看见一个瓶子,看见天在下雨,或者看见一个乡下人坐着大车走过,可是她说不出那瓶子、那雨、那乡下人为什么存在,它们有什么意义,哪怕拿一千卢布给她,她也什么都说不出来。当初跟库金或普斯托瓦洛夫在一块儿,后来跟兽医在一块儿的时候,样样事情奥莲卡都能解释,随便什么事她都说得出自己的见解,可是现在,她的脑子里和她的心里,就跟那个院子一样空空洞洞。生活变得又可怕又苦涩,仿佛嚼苦艾一样。

渐渐,这座城向四面八方扩张开来。茨冈区已经叫做大街,"季沃里"游乐场和木材场的原址已经辟了一条条巷子,造了新房子。光阴跑得好快!奥莲卡的房子发黑,屋顶生锈,板棚歪斜,整个院子生满杂草和荆棘。奥莲卡自己也老了,丑了。夏天,她坐在走廊上,她心里跟以前一样又空洞又烦闷,充满苦味。冬天,她坐在窗前赏雪。每当她闻到春天的清香,或者风送来教堂的叮当钟声的时候,往事的记忆就突然涌上她的心头,她的心甜蜜地缩紧,眼睛里流出一汪汪眼泪,可是这也只不过有一分钟的工夫,过后心里又是空空洞洞,自己也不知道为什么要活着。黑猫布雷斯卡依偎着她,柔声地咪咪叫,可是这种猫儿的温存不能打动奥莲卡的心。她可不需要这个!她需要的是那种能够抓住她整个身心、整个灵魂、整个理性的爱,那种给她思想、给她生活方向、温暖她的老血的爱。她把黑猫从裙子上抖掉,心烦地对它说:

"走开,走开!……用不着待在这儿!"

照这样,一天天,一年年,过去了,没有一点快乐,没有一点见解。厨娘玛夫拉说什么,她就听什么。

七月里有一天很热,将近傍晚,城里的牲口刚沿街赶过去,整个院里满是飞尘,像云雾一样,忽然有人来敲门了。奥莲卡亲自去开门,睁眼一看,不由得呆住了:原来门外站着兽医斯米尔宁,白发苍苍,穿着便服。她忽然想起了一切,忍不住哭起来,把头偎在他的胸口,一句话也说不出来。她非常激动,竟没有注意到他们俩后来怎样走进房子,怎样坐下来喝茶。

"我的亲人!"她嘟哝着说,快活得发抖,"弗拉基米尔·普拉托内奇!上帝从哪儿把你送来的?"

"我要在此地长住下来,"他说,"我已经退休,上这儿来打算凭自己的能力谋生计,过一种安定的生活。况且,现在我的儿子已经应该上学了。他长大了。您要知道,我已经跟我的妻子和好了。"

"她在哪儿呢?"奥莲卡问。

"她跟儿子一块儿在旅馆里,我这是出来找房子的。"

"主啊,圣徒啊,就住到我的房子里来好了!这里还不能安个家吗?咦,主啊,我又不要你们出房钱,"奥莲卡着急地说,又哭起来,"你们住在这边屋里,我搬到厢房里去住就行了。主啊,我好高兴!"

第二天房顶就上漆,墙壁刷白粉,奥莲卡把两只手叉在腰上,在院子里走来走去发命令。她的脸上现出旧日的笑容,她全身都活过来,精神抖擞,仿佛睡了一大觉,刚刚醒来似的。兽医的妻子到了,那是一个又瘦又丑的女人,留着短短的头发,现出任性的神情。她带着她的小男孩萨沙,他是一个十岁的小胖子,身材矮小得跟他的年龄不相称,生着亮晶晶的蓝眼睛,两腮有两个酒窝。孩子刚刚走进院子,就追那只猫,立刻传来了他那快活而欢畅的笑声。

"大妈,这是您的猫吗?"他问奥莲卡,"等您的猫下了小猫,请您送给我们一只吧。妈妈特别怕耗子。"

奥莲卡跟他讲话,给他茶喝。她胸膛里的那颗心忽然温暖了,甜蜜蜜地收紧,倒仿佛这男孩是她亲生的儿子似的。每逢傍晚他在饭厅里坐下,温习功课,她就带着温情和怜悯瞧着他,喃喃说:

"我的宝贝儿,漂亮小伙子……我的小乖乖,长得这么白净,这么聪明。"

"'海岛者,一片陆地,周围皆水也。'"他念道。

"海岛者,一片陆地……"她学着说,在多年的沉默和思想空虚以后,这还是她第一回很有信心地说出她的意见。

现在她有自己的意见了。晚饭时候,她跟萨沙的爹娘谈天,说现在孩子们在中学里功课多难,不过古典教育也还是比实科教育强,因为中学毕业后,出路很宽,想当医师也可以,想做工程师也可以。

萨沙开始上中学。他母亲动身到哈尔科夫去看她妹妹,从此没有回来。他父亲每天出门去给牲口看病,往往一连三天不住在家里。奥莲卡觉得萨沙完全没人管,在家里成了多余的人,会活活饿死。她就把他搬到自己的厢房里去住,在那儿给他布置一个小房间。

一连六个月,萨沙跟她一块儿住在厢房里。每天早晨奥莲卡到他的寝室里去,他睡得正香,手放在脸蛋底下,一点儿声息也没有。她不忍心叫醒他。

"萨宪卡①,"她难过地说,"起来吧,乖乖!该上学去了。"

他就起床,穿好衣服,念完祷告,然后坐下来喝早茶。他喝下三杯茶,吃完两个大面包圈,外加半个法国奶油面包。他还没有完全醒过来,因此情绪不好。

---

① 萨沙和萨宪卡都是亚历山大的爱称。

三　年　集

"你还没背熟你那个寓言哪,萨宪卡,"奥莲卡说,瞧着他,仿佛要送他出远门似的,"我为你要操多少心啊。你得用功,学习,乖乖……还得听老师的话才行。"

"嗨,请您别管我的事!"萨沙说。

然后他就出门顺大街上学去了。他身材矮小,却戴一顶大制帽,背一个书包。奥莲卡没一点声息地跟在他后面走。

"萨宪卡!"她叫道。

他回头看,她就拿一个枣子或者一块糖塞在他手里。他们拐弯,走进他学校所在的那条胡同,他害臊了,因为后面跟着一个又高又胖的女人。他回转头来说:

"您回家去吧,大妈。现在我可以自己走到了。"

她就站住,瞧着他的背影,眼也不眨,直到他走进校门口不见了为止。啊,她多么爱他!她往日的爱恋没有一回像这么深,以前她从没像现在她的母性感情越燃越旺的时候那么忘我地、那么无私地、那么快乐地献出自己的心灵。为这个头戴大制帽、脸蛋上有酒窝的、旁人的男孩,她愿意交出她整个的生命,而且愿意带着快乐,带着温柔的泪水交出来。这是为什么呢?谁说得出来这是为什么呢?

她把萨沙送到学校,就沉静地走回家去,心满意足,踏踏实实,满腔热爱。她的脸在最近半年当中变得年轻了,微微笑着,喜气洋洋,遇见她的人瞧着她,都感到愉快,对她说:

"您好,亲爱的奥莉加·谢苗诺芙娜!您生活得怎样,宝贝儿?"

"如今在中学里念书可真难啊,"她在市场上说,"昨天一年级的老师叫学生背熟一个寓言,翻译一篇拉丁文,做一个习题,这是闹着玩的吗?……唉,小小的孩子怎么受得了?"

她开始讲到老师、功课、课本,她讲的话正好就是萨沙讲过的。

到两点多钟,他们一块儿吃午饭,傍晚一块儿温课,一块儿哭。她服侍他上床睡下,久久地在他胸前画十字,小声祷告,然后她自己也上床睡觉,幻想遥远而朦胧的将来,那时候萨沙毕了业,做了医师或者工程师,有了自己的大房子,买了马和马车,结了婚,生了子女……她睡着以后,还是想着这些,眼泪从她闭紧的眼睛里流下她的脸颊。那只黑猫在她身旁躺着叫道:

"咪……咪……咪……"

忽然,响起了挺响的敲门声。奥莲卡醒过来,害怕得透不出气,她的心怦怦地跳。过半分钟,敲门声又响了。

"这一定是从哈尔科夫打来了电报,"她想,周身开始打抖,"萨沙的母亲要叫他上哈尔科夫去了……哎,主啊!"

她绝望了,她的头、手、脚,全凉了,她觉得全世界再也没有比她更倒霉的人了。可是再过一分钟就传来了说话声:原来是兽医从俱乐部回家来了。

"唉,谢天谢地。"她想。

渐渐的,她心里一块石头落了地,又觉得轻松了。她躺下去,想着萨沙,而萨沙在隔壁房间里睡得正香,偶尔在梦中说:

"我揍你!滚开!别打人!"

怪 谁？

我的叔叔彼得·杰米扬内奇是个身体枯瘦而肝火很旺的六等文官,活像那种风干的、肚子里撑着一根木棍的熏鲑鱼。有一天他准备到他教拉丁语的中学校去,却发现他的句法教科书的封面被老鼠咬坏了。

"你听我说,普拉斯科维雅,"他走进厨房,对厨娘说,"我们的耗子都是哪儿来的?求上帝怜恤吧,昨天我的礼帽给咬坏了,今天这本句法教科书又毁了。……照这样子,恐怕它们要咬衣服了!"

"可是叫我有什么办法!耗子又不是我养的!"普

拉斯科维雅回答说。

"总得想个办法嘛！你该养只猫什么的。……"

"猫倒已经有了,可是又有什么用呢?"

普拉斯科维雅就指一指墙角上扫帚旁边蜷起身子睡觉的一只骨瘦如柴的小白猫。

"为什么不中用呢?"彼得·杰米扬内奇问。

"它还小,又笨。大概它还没满两个月。"

"嗯！……那就该教一教它！它这么躺着可不行,该让它学学。"

说完这话,彼得·杰米扬内奇就心事重重地叹口气,从厨房里走出去。小白猫抬起头来,懒洋洋地瞧一下他的背影,又闭上眼睛。

小白猫没有睡觉,而是在思索。思索什么呢？它还没熟悉现实生活,没有积累什么生活印象,因此只能凭本能思考,根据它从祖先老虎那儿(请参看达尔文的著作)连同血肉一并继承下来的种种概念描绘生活。它的思想具有睡意蒙眬的幻想性质。它那猫的想象力描绘出一幅画面,类似阿拉伯沙漠,那上面掠过一些影子,像是普拉斯科维雅、炉灶、扫帚。影子当中突然出现一小碟牛奶。小碟生出些爪子,活动起来,有心逃跑,小猫就往前一蹿,由于渴血的欲望而屏住呼吸,把脚爪扑到小碟上。……等到小碟消失在迷雾里,就又出现一小块肉,是普拉斯科维雅丢给它的。那块肉胆怯地吱吱叫着,要往旁边跑去,可是小猫往前一蹿,伸出脚爪。……凡是在这个年轻的梦想家面前出现的东西,一概引得它往前一蹿,伸出爪子,龇出牙齿。……别人的灵魂往往是一片乌黑,不易理解的,猫的灵魂就更不消说了,然而刚才描写的画面在多大程度上接近真实,却可以从下边的事实看出来:小猫沉湎在睡意蒙眬的幻想里,忽然跳起来,闪着亮晶晶的眼睛瞅着普拉斯科维雅,竖起身上的毛,往前一蹿,伸出爪子抓住厨娘的衣裙。看来,它天生是捕鼠的能手,完全不愧为它那些渴血的祖先的子孙。命运规定它日后会成为地下室、储藏室、谷仓里的霸王,而且,要不是它所受到的教育,……然而,我们不要提前讲以后的事吧。

彼得·杰米扬内奇从中学回家的路上,走进一家小杂货铺,花十五戈比买到一个捕鼠器。吃饭的时候,他把一小块肉饼安在钩子上,把捕鼠器放在长沙发底下,那儿堆着一些学生的练习簿,是普拉斯科维雅留着料理家务用的。傍晚六点钟整,可敬的拉丁语教师正坐在桌子旁边,批改学生作业,这时候长沙发底下忽然发出"啪"的一响,声音那么大,弄得我叔叔打了个哆嗦,钢笔也失手掉下来了。他马上走到长沙发跟前,取出捕鼠器。有一只干干净净的小老鼠,只有顶针那么大,正在闻铁丝网,吓得索索地抖。

"啊哈!"彼得·杰米扬内奇嘟哝说,幸灾乐祸地瞧着老鼠,仿佛打算给它批个一分似的,"落网了,坏蛋!你等着吧,我要叫你尝尝啃句法教科书的滋味!"

彼得·杰米扬内奇把这个落难者看了个够,然后把捕鼠器放在地板上,喊道:

"普拉斯科维雅,耗子落网了!快把小猫送来!"

"马上就来!"普拉斯科维雅应道,过了一分钟,她抱着老虎的后代走进来。

"好极了!"彼得·杰米扬内奇搓着手,喃喃地说,"我们来教会它。……把它放在捕鼠器前面。……这就行了。……让它闻一阵,看一会儿。……这就行了。……"

小猫惊讶地看看我叔叔,看看圈椅,纳闷地闻闻捕鼠器,然后大概害怕明亮的灯光,害怕大家对它的瞩目,就猛一扭身,吓得往门口跑去。

"站住!"叔叔喊道,揪住它的尾巴,"站住,这个坏东西!笨蛋,它怕耗子!你瞧:这是耗子!你倒是瞧呀!啊?我跟你说:你瞧呀!"

彼得·杰米扬内奇抓住小猫的脖子,把它的脸塞到捕鼠器上。

"瞧啊,死东西!你把它接过去,普拉斯科维雅,抓住它。……把它放在小门前边。……等我把耗子放出来,你就立刻松手,把它放开。……听明白了吗?你要立刻就松手!行了吗?"

叔叔脸上做出鬼鬼祟祟的神情,拉开小门。……老鼠游移不定地走出来,闻了闻空气,箭也似的飞奔到长沙发底下去。……小猫早已放开,却竖起尾巴,跑到桌子底下去了。

"它跑了!跑了!"彼得·杰米扬内奇做出狰狞的脸相,叫起来,"它到哪儿去了,坏包?跑到桌子底下去了?你等着就是。……"

叔叔从桌子底下拖出小猫,把它提到半空中摇撼不停。……

"你这可恶的东西,……"他揪着它的耳朵,叽咕说,"给你一下子!给你一下子!下回你还把耗子放跑吗?可恶的东西。……"

第二天普拉斯科维雅又听见喊叫声:

"普拉斯科维雅,有只耗子落网了!快把小猫送到这儿来!……"

小猫受过昨天的侮辱以后,通宵躲在炉灶底下,不肯出来。等到普拉斯科维雅把它拉出来,提着它的脖子,送进书房,把它放在捕鼠器前面,它就浑身发抖,哀声地咪咪叫。

"好,让它先习惯一下!"彼得·杰米扬内奇命令道,"叫它瞧着,闻一下。你要瞧着,学着点!站住,你这该死的!"他发现小猫在捕鼠器前面往后倒退,就叫道,"我要揍你!揪住它的耳朵!这就对了。……好,现在把它放在小门前面。……"

叔叔慢慢地拉开小门。……老鼠正好在小猫的鼻子底下溜过去,撞在普拉斯科维雅的手上,跑到立柜底下去了,小猫呢,觉得自己自由了,就死命一蹿,钻到长沙发底下去了。

"又放跑一只耗子!"彼得·杰米扬内奇叫起来,"这算是什么猫?!这是草包,废物!该揍它一顿!把它放在捕鼠器旁边揍它!"

等到第三只老鼠落网,小猫一看见捕鼠器和里面的囚徒就周身发颤,抓挠普拉斯科维雅的手。……第四只老鼠跑掉以后,叔叔大发脾气,一脚踢开小猫,说:

"把这草包弄走!从今以后不准它再待在家里!把它丢掉!一点用处也没有!"

一年过去了。消瘦虚弱的小猫变成壮实灵敏的大猫了。有一天它溜进后院,去赴爱情的幽会。它快要走到目的地了,却忽然听见一阵沙沙声,紧跟着就看见一只老鼠从排水槽里钻出来,往马房跑去。……我的主人公,就竖起身上的毛,拱起背脊,嘶嘶地叫着,周身颤抖起来,胆怯地一溜烟跑掉了。

唉!有的时候我觉得我自己也处在那只逃跑的猫的可笑地位。如同小猫一样,我当初也荣幸地在叔叔那儿学过拉丁语。现在每逢我有机会见到这种古典语言的著作,我非但不能津津有味地欣赏它,反而想起了 ut consecutivum[①]、不规则动词、叔叔的铁青脸色、ablativus absolutus[②],……我就脸色惨白,毛发直竖,像大猫那样丢脸地逃之夭夭了。

---

①② 拉丁语的语法结构专用名词。——俄文本编者注

嘘！……

伊凡·叶果罗维奇·克拉斯努兴是个平平常常的为报纸写稿的人，这天深夜回到家里，皱紧眉头，神色严肃，不知怎的，显得心事重重。他的模样看起来就像是等着警察来搜捕，或者起意要自杀似的。他在他的房间里闲走一阵，然后停住脚，揪乱头发，用莱阿替斯①准备为妹妹报仇的那种口气说：

"一个人已经筋疲力尽，精神劳累，心里又郁积着

---

① 莎士比亚的悲剧《哈姆雷特》中的人物。——俄文本编者注

愁闷,可是对不起,你得坐下来写东西!这就叫做生活?!一个作家明明心情忧郁,却不得不逗读者发笑,或者明明兴高采烈,却不得不按照编辑部的命令大流眼泪,他心里这种痛苦的冲突,为什么至今就没有人描写一下呢?我不得不嬉皮笑脸,冷着心肠,老说俏皮话,可是你要知道,那当儿我实在是满腔悲伤,比方说,我有病,我的孩子快要死了,我的妻子正在分娩!"

他一面说,一面摇拳头,瞪大了眼睛。……后来他走进卧室,叫醒妻子。

"娜嘉,"他说,"我要坐下来写东西了。……劳驾,别让外人打搅我。要是孩子啼哭,再有个厨娘打鼾,那就没法写。……还有,你去安排一下,把茶准备好……再煎一块肉排什么的。……你知道,我不喝茶就写不出东西来。……在工作中,只有茶才能给我提神。"

他回到自己的房间,脱掉上衣、坎肩、皮靴。他慢慢地脱完,然后脸上做出无辜受屈的神情,在写字台旁边坐下。

桌子上没有一件东西是偶然放在那儿的日常用品。所有的东西,哪怕是最小的摆设,都带有深思熟虑和严格规划的性质。那儿有大作家的半身像和照片,有成叠的手稿,有折了书页的别林斯基著作,有一块作烟灰碟用的后脑骨,还有一张报纸是随意折叠着的,不过折叠得恰好露出一段用蓝铅笔标出的文字,页边空白处写着两个大字:"卑鄙!"这儿还有十来支新削的铅笔和安了新笔尖的钢笔,这些东西放在那儿,显然是不让外在的原因和偶然的事故,例如钢笔损坏等等,使他那纵情驰骋的文思哪怕中断一秒钟。……

克拉斯努兴把身子往圈椅的椅背上一靠,闭上眼睛,考虑他已经想出来的题材。他听见他妻子趿拉着拖鞋,去劈小木柴,好烧茶炊。她还没完全醒过来,这可以从茶炊盖和刀子不时从她手里掉下地听出来。不久就传来茶炊和煎肉的嘶嘶声。他妻子不停地劈小木柴,在炉边碰响炉盖、风门、炉门。忽然,克拉斯努兴打个哆嗦,睁开惊恐的眼睛,开始闻空气。

"我的上帝啊,烟气!"他呻吟说,痛苦地皱起脸,"烟气!这个讨厌的女人存心要毒死我!是啊,看在上帝面上,请说一句吧,我在这样的环境下能够写作吗?"

他跑进厨房,在那儿发出演戏般的哀叫声,大闹一场。过了不久,他妻子踮起脚尖,小心地走来,端给他一大杯茶,他呢,仍旧坐在圈椅上,闭着眼睛,思考他的题材。他一动也不动,用两只手指轻轻敲着额头,做出没听见他妻子走来的样子。……他脸上依然露出无辜受屈的神情。

犹如一个少女看到人家送给她一把贵重的扇子一样,他在下笔写上标题以前,先久久地对自己卖弄风情,扭扭捏捏,装腔作势。……他按紧两个鬓角,先是扭动身子,把脚缩到圈椅底下,仿佛身子酸痛似的,后来又懒洋洋地眯细眼睛,活像一只趴在长沙发上的猫。……最后他有点迟疑不定地往墨水瓶那边伸出手去,带着像是签署死刑判决书的神情,写下了标题。……

"妈妈,给我点水喝!"他听见他儿子叫道。

"嘘!"母亲说,"爸爸在写东西呐!嘘……"

爸爸写得很快很快,既不涂改,也不停笔,几乎连翻稿纸的工夫也没有。那些名作家的半身像和相片一动也不动,瞧着他走笔如飞,似乎在想:"嘿,老兄,你可真行啊!"

"嘘!"笔尖叫道。

"嘘!"那些作家说,随着他膝盖的碰撞,他们跟桌子一起颤动。

忽然,克拉斯努兴挺直身子,放下钢笔,侧耳倾听。……他听见一种平稳单调的低语声。……这是邻居福玛·尼古拉耶维奇在隔壁房间里祷告上帝。

"您听我说!"克拉斯努兴叫道,"您不能小点声祷告吗?您妨碍我写作!"

"对不起,先生……"福玛·尼古拉耶维奇胆怯地回答说。

"嘘!"

克拉斯努兴写满五页稿纸,伸个懒腰,看一看怀表。

"上帝啊,已经三点钟了!"他哀叫道,"人家都睡了,可我呢……唯独我不能不工作!"

他浑身散了架,劳累不堪,歪着头,走进卧室,叫醒妻子,用懒洋洋的声调说:

"娜嘉,再给我弄点茶来!我……我精力不济了!"

他一直写到四点钟,要不是题材已经耗尽,本来是会一口气写到六点钟的。他这样远远地避开别人窥探和观察的眼睛,对自己和对没有生命的物品悄悄卖弄风情,忸怩作态,他这样在自己的小窝里对那些不得不受他支配的人称王称霸,都成了他生活里的盐和蜜①。

---

① 借喻"莫大的乐趣"。

三　年　集

这个暴君在这儿,在家里,跟我们在编辑部里习常见到的那个低声下气、沉默寡言、毫无才华的小人物相比,是何等不同!

"我累得恐怕睡不着觉了……"他说着,躺下去睡觉,"我们的工作,这种该死的、费力不讨好的、苦役般的工作,与其说劳累人的身体,倒不如说劳累人的灵魂。……我该服点溴化钾①才对。……啊,上帝看得见,要不是有这个家,我早就丢开这种工作不干了。……按编辑部的命令写东西!这真要命哟!"

他一直睡到十二点或者下午一点钟,睡得踏实而酣畅。……啊,如果他做了有名的作家,主编,或者哪怕做了发行人,那他会睡得更加酣畅,而且会做多么好的梦,会多么痛快啊!

"他写了整整一夜!"他妻子做出惊恐的脸色,低声说,"嘘!"

---

① 一种镇静剂。

谁也不敢说话,不敢走动,不敢弄出响声。他的睡眠是神圣之至的,谁要侵犯它,谁就得付出很高的代价!

"嘘!"这个声音传遍整个屋子,"嘘!"

三　　年

一

天刚黑,可是这儿那儿的房子里已经点亮灯火,一轮苍白的明月开始在街道尽头营房后面升上来了。拉普捷夫坐在大门外一条长凳上,等着彼得和保罗教堂里的晚祷结束。他巴望尤丽雅·谢尔盖耶芙娜做完晚祷回家会走过这儿,那他就可以跟她谈谈,说不定还会跟她一块儿度过整个傍晚哩。

他已经坐了一个半钟头,在这段时间里,他的想象力描绘着莫斯科的住宅、莫斯科的朋友、听差彼得、他的写字台。他困惑地瞧着乌黑不动的树木,暗暗觉得奇怪:现在他竟然不是住在索科尔尼吉别墅里,却住在外省城市的一所房子里,每天早晨和傍晚都有人赶着大群的牲畜从这所房子前面经过,在这种时候就会扬起可怕的滚滚烟尘,吹起号角。他想起没有多久以前他还在莫斯科亲身参加过好多次漫长的谈话,大家谈到没有爱情照样可以生活,热烈的爱情无非是精神变态,归根结蒂,压根儿就没有什么爱情,只有两性肉体方面的吸引而已,等等。他记起这些,就忧郁地暗想,如果现在有人问他什么叫作爱情,他就会答不上来。

晚祷结束,人们纷纷出现。拉普捷夫紧张地端详那些乌黑的人影。主教已经坐着轿车走过去,教堂的钟不再敲响,钟楼上那些红色和绿色的灯火已经一个个陆续熄灭(这是每逢教堂的命名节才点亮的彩灯),人们还在不慌不忙地走出来,谈着话,在窗子底下站住。可是后来,拉普捷夫终于听见一个熟悉的嗓音,他的心猛烈地跳起来,可是尤丽雅·谢尔盖耶芙娜不是单身一个人,而是跟两位太太在一块儿,他简直绝望了。

"这真要命,要命!"他小声说着,心里为她感到懊丧,"这真要命!"

在一条小巷的拐角处,她站定下来,跟两位太太道别,同时朝拉普捷夫望了望。

"我正要去看您,"他说,"我要找您的父亲谈谈天。他在家吗?"

"大概在家,"她回答说,"这时候他到俱乐部去还嫌太早。"

小巷里,两旁都是花园,围墙旁边栽着菩提树,这时候在月光下,投下宽阔的阴影,以致围墙和大门有一边完全淹没在黑暗里。那边传来女人的低语声和抑制的笑声,有个人在轻轻弹三弦琴。空中有菩提树和干草的香气。那些看不见的女人的低语声和这种香气惹得拉普捷夫神魂飘荡,他忽然想热烈地拥抱他的同伴,不住地吻她的脸、胳膊、肩膀,哭一场,在她脚跟前跪下,讲他等了她多么久。从她身上飘来轻微得几乎闻不出来的神香气味,这使他想起当初他也信奉上帝,也做晚祷的时光,那正是他渴望富有诗意的纯洁爱情的时光。然而这个姑娘并不爱他,于是他觉得当初他所渴望的那种幸福,如今对他来说,已经永远不可能实现了。

她关切地讲起他姐姐尼娜·费多罗芙娜的健康。两个月以前他姐姐切除肿瘤,现在大家料着这病会复发。

"今天早晨我去看过她,"尤丽雅·谢尔盖耶芙娜说,"我觉得这个星期她倒不显瘦,可是显得憔悴了。"

"是啊,是啊,"拉普捷夫同意说,"病倒没有复发,不过我看得出来,她在一天天地弱下去,我眼看着她油干灯草尽。我不明白她是怎么回事。"

"主啊,要知道当初她多么健康,丰满,脸色多么红润啊!"尤丽雅·谢尔盖耶芙娜沉默一会儿说,"这儿的人都管她叫作莫斯科人。她多么爱扬声大笑！遇到节日，她总是打扮成普通村妇的模样，这倒对她很相称呢。"

医生谢尔盖·包利绥奇在家，他红脸膛，胖身材，穿一件长过膝头的常礼服，看上去显得腿很短。他在书房里从这个墙角走到那个墙角，两只手插在衣袋里，嘴里低声哼着："噜—噜—噜—噜。"他那灰白的连鬓胡子乱蓬蓬的，头发也没有梳，好像他刚起床似的。在他的书房里，长沙发上放着枕头，墙角上堆着一捆捆旧文件，桌子底下躺着一条肮脏而有病的卷毛狗，这一切如同他本人一样，给人一种不整洁、乱糟糟的印象。

"拉普捷夫先生要见你。"他女儿走进书房里说。

"噜—噜—噜—噜，"他越发大声哼着，转身走进客厅，跟拉普捷夫握手，问道，"您有什么好消息吗？"

客厅里很暗。拉普捷夫没有坐下，手里拿着帽子，为打搅医生而道歉。他问，应该怎么办才能使他姐姐晚上睡得着觉，为什么她瘦得这么厉害。他想起今天早晨他来拜访的时候似乎已经对医生提出过这些问题,就心慌了。

"您说说,"他问,"我们要不要从莫斯科请一位内科专家来?您认为怎么样?"

医生叹口气,耸一耸肩膀,两只手做出一个意义不明的姿势。

显然他生气了。他是个非常容易生气、性情多疑的医生,老是觉得人家不相信他、不承认他、不大尊敬他,老是觉得人们占他的便宜,同行们对他不怀好意。他总是嘲笑自己,说像他这样的傻瓜生来就纯粹是为了让人骑在头上的。

尤丽雅·谢尔盖耶芙娜点亮灯。她在教堂里累了,这可以从她那苍白困倦的脸容,从她没有力气的步态上看出来。她想休息一会儿。她在长沙发上坐下,手放在膝头上想心事。拉普捷夫知道自己不漂亮,这时候他好像周身感到自己长得难看。他身量不高,精瘦,脸上发红,头发已经很稀,弄得脑袋都感到冷了。

优美而纯朴的神态甚至能使粗俗而不漂亮的脸变得可爱,可是他的表情却完全缺乏这一点。他跟女人周旋,总觉得别扭,做作,说话太多。现在他差不多因此看不起他自己了。为了让尤丽雅·谢尔盖耶芙娜跟他在一块儿不致觉得气闷,他应当讲点话才好。可是讲什么呢?还讲他姐姐的病吗?

他就开始讲医学,讲些老生常谈。他称赞卫生学,说他早就有意在莫斯科开办一家夜店,说他甚至造过预算。按照他的计划,一个工人晚间来到夜店,花五六个戈比就可以吃到一份滚热的白菜汤和面包,睡到一张暖和干燥、铺好被褥的床,另外还有地方晾干衣服和靴子。

有他在场,尤丽雅·谢尔盖耶芙娜照例不开口。他呢,以一种奇怪的方式,也许是凭恋人的直觉吧,却能猜出她的思想和心意。这时候他就在推测:既然她做过晚祷以后不回到自己的房间去换衣服、喝茶,那么可见她今天傍晚还要出外到什么地方去做客。

"然而我并不急于开办夜店，"他带着气愤和烦恼接着对医生说，医生有点茫然而困惑地瞧着他，显然不明白他有什么必要谈医学和卫生学，"大概我还不会很快就动用我们那笔预算。我担心我们的夜店会落到莫斯科那些假善人和办慈善事业的太太们手里，任何创举都会断送在他们手里。"

尤丽雅·谢尔盖耶芙娜站起来，对拉普捷夫伸出一只手。

"对不起，"她说，"我得走了。请您费心问候您的姐姐。"

"噜—噜—噜—噜，"医生哼起来，"噜—噜—噜—噜。"

尤丽雅·谢尔盖耶芙娜走出去。拉普捷夫过了一会儿向医生告辞，回家去了。当一个人感到不满意，觉得自己不幸的时候，那些菩提树啦，阴影啦，云啦，总之，大自然种种自满自得、淡漠无情的景色，使他多么生厌啊！月亮已经升得很高，月亮下面的云跑得很快。

"可是月亮多么平淡,多么俗气,云也多么稀薄,多么寒伧啊!"拉普捷夫想。他回忆刚才谈到医学和夜店,不由得羞愧,他战兢兢地想到明天他又会失魂落魄,又会设法见到她,找她谈话,结果再一次相信她和他不投缘。后天呢,仍旧是这一套。这是为了什么呢?这种局面什么时候才会结束,怎样才能结束呢?

回到家里,他去看他的姐姐。从外表看来,尼娜·费多罗芙娜好像还健壮,使人觉得她是个身材匀称的、有力的女人;可是她那惨白的脸色却使她活像个死人,特别是她像现在这样平躺在床上,闭着眼睛的时候。她那十岁的大女儿萨霞坐在她旁边,拿着自己的文选读本,念给她听。

"阿辽沙来了。"病人轻声自言自语说。

萨霞和她的舅舅早已有了默契:两个人轮流陪伴病人。现在萨霞就合上她的文选读本,一句话也没说,悄悄地走出房外去了。拉普捷夫从五斗橱里拿出一本历史长篇小说来,找到上次念到的那一页,坐下来大声念起来。

尼娜·费多罗芙娜是在莫斯科出生的。她和两个弟弟在皮亚特尼茨基街上自己的商人家庭里度过童年和少年时代。她的童年时代漫长而乏味,她父亲为人严厉,甚至用树条打过她两三次。她母亲长期害病,后来死了。家里的仆人肮脏、粗鄙、伪善。教士和修士常到她家里来,他们也粗鄙、伪善。他们喝酒、吃菜,粗鄙地奉承她父亲,其实他们并不喜欢他。男孩们倒还算幸运,进了学校,尼娜却一直没上过学,一辈子字写得歪歪扭扭,除了历史小说外,别的书都不读。十七年前,她二十二岁的时候,在希木吉的别墅里认识她现在的丈夫,地主巴纳乌罗夫,爱上他,违背她父亲的意志私下里跟他结了婚。巴纳乌罗夫相貌漂亮,举止有点放肆,凑着圣像前面的灯点纸烟,随时吹几声口哨;在她父亲的心目中是个十足没有出息的人。后来这个女婿写信给他要陪嫁,老人就写信告诉女儿说,他要把她母亲死后留下的皮大衣、银器和各种什物,外加三万卢布寄到她乡下去,然而他不给他们祝福,也就是不承认这段婚姻。后来他又寄去两万。这两笔钱和嫁妆统统被他花光,田产卖掉,随后,巴纳乌罗夫带着一家人搬进城里,他在省政府当差。在城里,他安了另一个家,这件事每天都引起许多议论,因为他那不合法的家庭是公开存在的。

尼娜·费多罗芙娜崇拜她的丈夫。现在,她听着历史小说,暗想这许多年月她有过多少经历,经受过多少痛苦,如果有人把她的一生写下来,那会是一本很凄凉的书。由于她的肿瘤生在胸脯里,她相信她是因为爱情,因为家庭生活才得了病,妒忌和眼泪使她躺倒在床上了。

可是这时候阿历克塞·费多雷奇①合上书本,说:

"谢天谢地,念完了。明天要换一本。"

尼娜·费多罗芙娜笑起来。她素来爱笑,可是现

---

① 阿历克塞·费多雷奇是拉普捷夫的名字和父名,上文的阿辽沙是阿历克塞的小名。

在拉普捷夫留意到,她得这种病后有的时候似乎不大容易控制自己,只要有一点点小事,她就会发笑,甚至无缘无故笑起来。

"午饭以前你不在家的时候,尤丽雅上这儿来了,"她说,"依我看来她不大相信她的爸爸。她说:'让我爸爸给您看病好了,不过您还是应该悄悄给修道院的长老写一封信,求他为您祷告。'他们这个地方就有位长老。尤列琪卡①把她的阳伞忘在我这儿了,明天你给她送去吧,"她沉默一会儿,接着说,"哎,真要是大限到了,那么大夫也好,长老也好,都无济于事。"

"尼娜,为什么你晚上总是睡不着觉?"拉普捷夫问,想换一个话题。

"不为什么。我睡不着,就是这么的。我躺着想心事。"

---

① 尤丽雅的爱称。

"你想些什么呢,亲爱的?"

"想孩子,想你……想我自己的一生。要知道,阿辽沙,我经受过多少痛苦啊。我回想起来,回想起来……主啊,我的上帝!"她说,笑起来,"这可不是说着玩儿的,我生过五个孩子,死了三个。……不止一次,我正要生孩子,我的格利果利·尼古拉伊奇却在别人家里坐着,我要找个人去请助产士或者接生婆都找不到。我就到前堂或者厨房去找仆人,那儿却有些犹太人、小铺老板、放高利贷的,在等他回家来。那时候我的头都晕了。……他不爱我,就是没有说出口。现在呢,我看开了,心头也轻松了,而从前,我年轻的时候,心里可真难过,可真难过,哎,难过得要命,我的亲人!有一回,那还是我们住在乡下的时候,我在花园里碰见他跟一个女人在一块儿,我就走开了……我胡乱走着,自己也不知道怎么就走到教堂门前的台阶上了。我跪下去,说:'圣母啊!'四下里一片夜色,月光明亮。……"

她累了,喘起来,后来她歇了一会儿,拉住她弟弟

的手,用衰弱而低哑的声音接着说:

"你,阿辽沙,心肠多么好。……你多么聪明。……你成了一个多么好的人啊!"

夜半,拉普捷夫向她道了晚安,出去的时候随手带走了尤丽雅·谢尔盖耶芙娜忘在这儿的那把阳伞。虽然时间已经很晚,可是有些男仆和女仆还在饭厅里喝茶。多么杂乱无章!孩子们没有睡觉,也待在饭厅里。他们小声说话,压低嗓音,没有留意灯在暗下来,很快就要熄掉了。所有这些大人和孩子都给一连串不吉利的兆头搅得心神不宁,情绪郁闷:前厅里的镜子打碎了,茶炊每天都呜呜地叫,而且仿佛故意捣乱似的,就连现在也在呜呜地叫;据说尼娜·费多罗芙娜穿衣服的时候,从她的鞋里跳出一只老鼠来。所有这些兆头的可怕含义孩子们都懂得;大女儿萨霞,这个精瘦的黑发姑娘,坐在桌旁一动也不动,她脸上现出惊恐哀伤的神情,小女儿丽达才七岁,是个胖胖的金发姑娘,这时候站在她姐姐身旁,皱起眉头瞧着灯光。

三　年　集

拉普捷夫走下楼到自己的房间去,楼下的几个房间天花板挺低,经常弥漫着天竺葵的气味,令人感到窒闷。尼娜·费多罗芙娜的丈夫巴纳乌罗夫坐在客厅里,正在看报。拉普捷夫对他点点头,在他的对面坐下。两个人坐在那儿一句话也不说。他们常常照这样沉默地度过整个傍晚,这种沉默并不使他们感到别扭。

两个小姑娘从楼上下来道晚安。巴纳乌罗夫沉默着,不慌不忙地在她们两人胸前画好几次十字,让她们吻他的手。她们行完屈膝礼,走到拉普捷夫跟前,他也得给她们画十字,让她们吻手。这一套吻手和屈膝礼的仪式每天晚上都要重演一遍。

等到姑娘们走出去,巴纳乌罗夫就把报纸放在一旁,说:

"在我们这个受上帝保佑的城里,乏味得很!老实说,我亲爱的,"他叹口气,补充了一句,"我很高兴:您总算给自己找着一种消遣了。"

"您这话是什么意思?"拉普捷夫问道。

"刚才我看见您从医生别拉文的家里出来。我想,您总不是为了那位爸爸才去的吧。"

"当然。"拉普捷夫说,脸红了。

"嗯,当然。顺便说一句,像这位爸爸那样的老畜生,您就是白天打着火把也找不出第二个来。您简直不能想象,他是个多么卑鄙、无能、蠢笨的畜生!你们京城里的人至今还是只从抒情的一面,只从所谓的风景和苦命人安东①的一面对外省发生兴趣,可是我向您发誓,我的朋友,这儿压根儿就没有什么抒情诗,只有野蛮、卑鄙、下流,如此而已。您就拿此地那些献身于科学的人,此地那些所谓的知识分子来说吧。您想一想,此地的城里有二十八个医生,他们都给自己挣下家业,住在自己的房屋里,而当地的居民却跟从前一样,处在最无依无靠、缺医少药的状态之中。比方说,尼娜需要动一次手术,其实是平常的手术,可是为这种

---

① 俄国作家格里戈罗维奇的中篇小说《苦命人安东》的主人公,是个遭受惨重剥削的农奴。

手术就不得不从莫斯科请一个外科医生来,这儿没有一个医生能承担这种手术。这是您再也想象不到的。他们什么也不会,什么也不懂,对什么事也不发生兴趣。比方说,您去问他们:什么叫作癌?这是什么东西?它是怎么产生的?问了也是白搭。"

巴纳乌罗夫就开始解释什么叫作癌。各种科学他都在行,不管谈到什么,他都要从科学方面加以解释。可是他解释起来有他自己独特的说法。他有他自己的血液循环理论、他的化学理论、他的天文学理论。他讲得缓慢、柔和、动听,用恳求的声调说出"您再也想象不到"这句话,眯细眼睛,懒洋洋地叹气,像皇帝那样宽大地微笑着,显然十分满意自己,根本没有想到他已经五十岁了。

"我想吃点什么,"拉普捷夫说,"要是有点盐腌的什么东西,我会吃得很痛快的。"

"哦,那有什么困难?马上就可以照办。"

过了一会儿,拉普捷夫和他的姐夫在楼上饭厅里坐下来吃晚饭。拉普捷夫喝下一杯白酒,然后开始喝葡萄酒,可是巴纳乌罗夫什么酒也不喝。他素来不喝酒,不赌博,尽管这样却仍旧花光了他自己的和他妻子的财产,欠下许多债。要在这么短的一段时间里花掉这么多的钱财,那就不是需要有嗜好,而是需要有另外一种什么东西,需要有一种特殊的才能了。巴纳乌罗夫喜欢吃精致的菜,喜欢上等的餐具,喜欢边吃饭边听音乐,喜欢在宴席上致祝词,喜欢仆役鞠躬敬礼,他满不在乎地赏给他们酒钱,一赏就是十个卢布,甚至二十五个卢布。各种募捐会和抽彩会他必定参加,遇到他熟识的女人过命名日,他总要派人送花束去。他常买茶碗、茶碗托、袖扣、领结、手杖、香水、烟嘴、烟斗、小狗、鹦鹉、日本物品、古董。他的睡衣是绸子的,床是乌木做的,镶着珠母,他的家常长袍是真正的布哈拉货,等等,在这些东西上,用他自己的话来说,每天都花掉"数不尽的钱"。

吃晚饭的时候,他老是叹气,摇头。

三 年 集

"是啊,在这个世界上样样事情都会了结的,"他轻声说道,眯细他的黑眼睛,"您会落入情网,受苦,然后不再爱您的女人;女人也会对您负心,因为没有一个女人不负心,您呢,就会受苦,心灰意懒,临了您自己也会干负心的事。不过,总有一天这些事都会变成回忆,您就会冷静地思考,认为这都是十足的小事。……"

拉普捷夫累了,有了几分酒意,瞧着他姐夫的漂亮的头发、剪短的黑胡子,似乎明白了女人为什么会那么喜欢这个娇生惯养、自以为是、在肉体方面颇有魅力的人了。

吃完晚饭以后,巴纳乌罗夫没有待在家里,到另一个住处去了。拉普捷夫送他出门。全城只有巴纳乌罗夫一个人戴高礼帽,每逢他在那些灰色围墙旁边,那些寒伧的有三个窗子的小屋旁边,那一丛丛杂草旁边经过,他的装束讲究而华美的外形、他的高礼帽、他的橙黄色手套总给人们留下又古怪又忧郁的印象。

拉普捷夫跟他分手以后,不慌不忙地走回自己的房间。月光明亮,地上的每一根小草都看得清,拉普捷夫觉得仿佛月光在抚摸他没戴帽子的脑袋,仿佛有人用羽毛梳他的头发似的。

"我在恋爱啊!"他大声说,突然想要跑过去,追上巴纳乌罗夫,搂住他,宽恕他,送给他许多钱,然后跑到旷野上,跑进小树林,不住地往前跑,连头也不回。

他回到家里,看见一把椅子上放着尤丽雅·谢尔盖耶芙娜忘记拿走的那把阳伞,就拿过来,贪婪地吻它。阳伞是绸子的,已经不新了,用一根旧的松紧带捆着,伞柄是用价钱便宜的、普通的白骨做的。拉普捷夫打开伞,让它罩住他的头顶,他觉得四周甚至散发出幸福的气息。

他让自己坐得舒服点,手里没有放下那把阳伞,开始给一个住在莫斯科的朋友写信。

亲爱的、宝贵的柯斯嘉①,告诉您一个新闻:

---

① 柯斯嘉是康斯坦丁的小名。

三 年 集

我又恋爱了！我说"又",那是因为大约六年以前我曾爱上莫斯科的一个女演员,其实我甚至没有机会跟她相识;而在最近这一年半当中我跟您知道的"某女士",一个既不年轻也不漂亮的女人同居。哎,亲爱的,一般说来,我在恋爱方面是多么不走运啊！我在女人方面从没得到过成功,如果我说"又",那只是因为我有点忧郁和痛心地暗自承认我的青春完全没有爱情就逝去了,直到现在我三十四岁,才头一次真正地恋爱。不过,就算我"又"在恋爱吧。

但愿您知道她是个什么样的姑娘才好！她不能说是美人,宽脸膛,很瘦,不过另一方面,她那善良的表情多么美,笑起来多么好看啊！她一讲话,她的嗓音就像是在唱歌,跟铃铛一样清脆。她从来没有跟我长谈过,我不了解她,可是每逢我待在她身边,我总觉得她是个少有的、不平常的人,充满智慧和高尚的抱负。她信教,您再也想象不到这一点多么感动我,提高她在我心目中的地位。关于这一点,我准备跟您无休无止地争论下去。您是对的,就算您的想法有理吧,然而她在教堂里祷告的时候,我仍旧爱她。她是外省人,不过她在莫斯科读过书,喜欢我们的莫斯科,她的装束就是按莫斯科的款式,因此我爱她,爱她,爱她。……我看见您皱起眉头,站起来,要对我发表长篇演说,谈论什么叫作爱情,哪些人可以爱,哪些人不可以爱,等等,等等。可是,亲爱的柯斯嘉,当初我没有爱什么人的时候,我自己也清楚地知道什么叫作爱情。

我的姐姐感谢您的问候。她常回忆从前怎样把柯斯嘉·柯切沃依送到中学预备班去。她至今还把您叫作"可怜的小东西",因为您从前做孤儿的情形她至今都记得。那么,可怜的孤儿,我在恋爱了。眼前这件事是个秘密,千万不要告诉那边您认识的"某女士"。这件事,我想,自然会得到妥善解决的,或者像托尔斯泰的听差①所说的那样,会顺顺当当了结的。……

拉普捷夫写完信就上床睡下。他累了,眼睛自动闭上,可是不知什么缘故,他却睡不着觉,似乎街上的嘈杂声吵得他睡不着。人们赶着成群的牛羊走过街道,吹响号角,不久,教堂里打钟,召人去做晨祷。忽而一辆板车吱吱嘎嘎地驶过去,忽而又传来一个到市场去的村妇的说话声。麻雀也不住地啾啾地叫。

二

这是个欢畅的节日早晨,十点钟,尼娜·费多罗芙娜穿一件棕色连衣裙,梳好头发,由人搀到客厅里来。她在客厅里走了一会儿,在敞开的窗口站住,现出爽朗

---

① 指托尔斯泰的《安娜·卡列尼娜》中的一个听差,见该书第一部,第二章。

而天真的笑容，人们瞧着她就会想起当地一个酗酒的画家把她的脸叫作"笑脸儿"，想按照她来画一幅俄国谢肉节的画。所有的人，孩子也好，仆人也好，甚至她弟弟阿历克塞·费多雷奇和她本人也包括在内，都忽然生出信心，认为她一定会恢复健康。小姑娘们尖声笑着，追她们的舅舅，捉住他，于是家里便热闹起来了。

不断有外人来，探问她的病情，带来圣饼，说是今天几乎所有的教堂里都在为她做祷告。她在这个城里是慈善家，大家都喜爱她。她行善是异常随便的，就跟她弟弟阿历克塞·费多雷奇一样，他也是不考虑该不该给，就很随便地把钱散发出去。尼娜·费多罗芙娜常为穷学生付学费，把茶叶、白糖、果酱发给老太婆们，为穷新娘定做嫁衣。如果她手里拿到报纸，她就先找一下，有没有人发出求助的呼吁或者有关某人景况穷困的简讯。

现在她手里拿着一叠字条，各式各样的穷人，向她求助的人，就凭这些字条在杂货铺里赊购货物，昨天商人把这些字条送到她这儿来,要求她付出八十二卢布。

"瞧,他们拿走多少东西,这些没良心的!"她说,费力地辨认她在那些字条上写的难看的字迹,"这是闹着玩的吗?八十二卢布哪!我就是不给!"

"今天我来付。"拉普捷夫说。

"这是为什么,为什么?"尼娜·费多罗芙娜激动地说,"我每月从你和另一个弟弟那儿收到二百五,这就够多的了。求上帝保佑你们。"她小声补充道,为的是不让仆人听见。

"哼,我一个月却要用掉二千五呢,"他说,"我再对你说一遍,亲爱的:你同样有花钱的权利,就跟我和费多尔一样。这一点你务必要明白。父亲生下我们三个,那么每三个戈比里就有一个是属于你的。"

然而尼娜·费多罗芙娜不明白,从她的神情看来,她好像是在心里解答一道很难的算术题。她总弄不清金钱方面的事,每一次都惹得拉普捷夫不安,发窘。此外,他疑心她个人有债务,只是不好意思对他说,而且那些债务使得她痛苦。

这时候响起了脚步声和喘气声。这是医生上楼来了,他照例蓬头散发,衣冠不整。

"噜—噜—噜,"他哼着,"噜—噜。"

拉普捷夫不想跟他见面,就走进饭厅,然后下楼,回到自己的房间去了。他心里明白,要跟这位医生亲近起来,随便到他家里坐坐,是不可能的事,跟这个巴纳乌罗夫称之为"老畜生"的人见面,是不愉快的。因此他很少跟尤丽雅·谢尔盖耶芙娜见面。这时候他暗自思忖,她父亲不在家,如果现在他给尤丽雅·谢尔盖耶芙娜送伞去,他就能见到她一个人在家,于是,他的心就快活得缩紧了。赶快,赶快!

他拿起阳伞,心情十分激动,驾着爱情的翅膀飞出去了。街上很热。医生家的大院子里生满杂草和荨麻,有二十来个男孩在玩皮球。这些男孩都是医生的房客们的孩子,他们的父亲是工人,分住在三间又旧又难看的厢房里,医生每年都打算修缮厢房,却一直拖延下来。空中响着清脆健康的说话声。院子另一边,远远的,在正房的台阶上,站着尤丽雅·谢尔盖耶芙娜,倒背着双手,在看孩子们游戏。

"您好!"拉普捷夫招呼道。

她回过头来看。通常他总是看见她神情淡漠,冷冰冰的,或者像昨天那样疲乏,可是现在她的神态却活泼,生气勃勃,跟那些玩球的男孩一样。

"您瞧,莫斯科人从来也不会玩得这么快活,"她说,迎着他走过来,"不过呢,那边可也没有这么大的院子,要跑也没有空地方。爸爸刚才到您家里去了。"她补充说,不住地回头看那些孩子。

"我知道,不过我不是来看他,而是来看您的。"拉普捷夫说,欣赏着她的青春的朝气,这种朝气他以前从没看到过,仿佛直到今天才在她身上发现似的,他觉得好像今天还是头一次看见她那挂着金项链的又细又白的脖子。"我是来看您的……"他又说一遍,"我姐姐叫我给您送阳伞来,您昨天忘记拿走了。"

她伸出手来要接阳伞,可是他把伞按在胸口上,又生出昨天晚上坐在伞下面所感到的那种甜蜜的兴奋,他热烈而没法抑制地说:

"我求您把它送给我。我留着它来纪念您……纪念我们的结交。这把伞多么好啊!"

"那您就拿去好了,"她说,脸红了,"不过这把伞说不上有什么好。"

他痴迷地瞧着她,没有开口,不知道该说什么好。

"我干吗叫您晒太阳呢?"她沉默一会儿之后说,笑起来,"到屋里去吧。"

"那我不打搅您吗?"

他们走进前厅。尤丽雅·谢尔盖耶芙娜跑上楼去,她那件带浅蓝色小花的白色连衣裙沙沙地响。

"谁也不可能打搅我,"她在楼梯上停住脚,回答说,"要知道,我从来什么事也不做。在我,每天从早到晚都是放假。"

"您讲的这些话,在我是没法理解的,"他说,往她那边走过去,"我生长在大家每天都劳动的圈子里,不论男人或者女人都没有例外。"

"可是如果没有什么事可做呢?"她问。

"必须把自己的生活安排在非劳动不可的环境里。没有劳动就不可能有纯洁快乐的生活。"

他又把阳伞按在胸口上,轻声讲出一些出乎自己意外的话来,连他的声调都变了:

"要是您同意做我的妻子,我情愿献出一切。我情愿献出一切。……不论什么样的代价,什么样的牺牲,我都愿意承担。"

她打了个哆嗦,又惊讶又恐惧地瞧着他。

"您在说什么,您在说什么呀!"她说,脸色变白了,"我老实跟您说,这是不可能的。请原谅。"

说完,她很快地往上面走去,她的连衣裙又沙沙地响起来,然后她关上房门。

拉普捷夫明白这是什么意思,他的心绪顿时大变,仿佛他心灵中的亮光忽然熄灭了。当他走出这所房子的时候,他体验到一个遭到白眼、不为人所喜欢、招人讨厌,也许恶劣得使人避之唯恐不及的人所感到的羞耻和屈辱。

"献出一切,"他在炎热中走回家去,想起他表白爱情的详细情形,就暗暗挖苦自己,"献出一切,完全是商人做生意的口气。谁稀罕你的一切!"

他觉得刚才他所说的那些话愚蠢得叫人恶心。为什么他撒谎说,他是在一个大家都毫无例外地劳动的圈子里长大的呢?为什么他用教训的口吻说起纯洁快乐的生活呢?这是不聪明的,没趣味的,虚伪的,而且是莫斯科式的虚伪。不过接着他渐渐产生了一种囚犯听过严峻的判决以后生出的那种冷漠心情。他已经在想:谢天谢地,现在事情总算过去,那种吉凶未卜的可怕局面没有了,再也用不着成天价巴望,心焦,老是想着一件事了。现在一切都已经明朗,他必须丢开对个人幸福的一切希望,就此没有愿望,没有希望地生活下去,不再梦想,不再期望。为了避免那种他已经不愿意忍受的烦闷无聊,他不妨去管别人的事,操心别人的幸福,然后老年就会不知不觉到来,生命走到尽头,于是他也就什么都不需要了。他已经满不在乎,什么也不指望,能够冷静地思考了,然而他脸上,特别是眼睛底下,却有一种沉重的感觉,额头像橡皮似的绷紧,眼泪马上就要流出来。他感到周身无力,上床躺下,大约过了五分钟就睡熟了。

三

拉普捷夫那么出乎意外地求婚,使得尤丽雅·谢尔盖耶芙娜心乱如麻。

她对拉普捷夫了解不多,是偶然跟他相识的。他很有钱,是莫斯科著名的"费多尔·拉普捷夫父子商行"的代表,平素总是十分严肃,看样子挺聪明,关心他姐姐的病。她觉得他似乎一点也没有注意过她,她自己也对他十分冷淡,可是忽然他在楼梯上求爱,那张可怜的、痴情的脸。……

这次求婚弄得她心慌意乱,因为这太突然,因为他说出了"妻子"这两个字,因为她不得不回绝。她已经记不得她对拉普捷夫说了些什么,不过她回绝他的时候那种急躁而不愉快的心情,至今还残留在她心中。她看不中他,他的外貌像是个店员,他自身也不招人喜欢,她除了拒绝以外不能回答别的话,然而她仍旧觉得别扭,仿佛她做得不对似的。

"我的上帝啊,他还没有走进房间,干脆就在楼梯上讲出来了,"她对着挂在她床头上方的圣像,心乱如麻地说,"他事先也没向我献过殷勤,就这么古怪地、蹊跷地讲出来了。……"

在孤身一人的处境里,她的不安每个钟头都在增长。她一个人没有力量应付这种沉重的心境。应当有个人听她讲一讲,对她说她做得对才成。然而她又找不到一个可以谈谈的人。她的母亲早已去世,至于她的父亲,她认为是个怪人,她不能跟他认真谈话。他那种任性的脾气、过于爱抱怨的性情、意义不明的手势总是弄得她不自在。只要她一跟他谈话,他就立刻开始讲他自己。在祷告的时候,她也不能谈得十分畅快,因为她自己也不能确切地知道自己究竟要向上帝祈求什么。

茶炊端来了。尤丽雅·谢尔盖耶芙娜走进饭厅,脸色十分苍白,疲倦,带着无可奈何的样子,开始烧茶,这是她的本分,然后她给她父亲斟上一杯。谢尔盖·包利绥奇穿着他那件长过膝盖的上衣,满脸通红,头发也没梳,手揣在衣袋里,在饭厅里走动不停,然而不是从这个墙角走到那个墙角,而是胡乱地走,活像一头关在笼子里的野兽。他在桌子旁边站住,津津有味地喝下那杯茶,又走动起来,一直在想什么心事。

"拉普捷夫今天向我求婚来着。"尤丽雅·谢尔盖耶芙娜说,脸红了。

医生瞧着她,仿佛没有听懂。

"拉普捷夫?"他问,"巴纳乌罗夫太太的弟弟吗?"

他爱他的女儿。固然,他女儿早晚要出嫁,离开他,可是他极力不去想这件事。孤身一人是他所害怕的,不知什么缘故,他觉得,如果他一个人待在这所大房子里,他就会中风,可是这一点他不喜欢照直说出来。

"哦,我很高兴,"他说,耸耸肩膀,"我衷心向你道喜。这一下子你可要大大高兴了,因为你有个极好的机会可以跟我分手了。我完全了解你。在你这种年纪,跟你的老父亲这样一个疯疯癫癫的病人住在一起,一定很难受。我非常了解你。要是我早一点死,要是魔鬼抓了我去,大家倒会很痛快。我衷心向你道喜。"

"我回绝他了。"

医生顿时心头轻松了,可是他已经没有力量停住口,只得接着说下去:

"我纳闷,老早就在纳闷:为什么人家至今还没把我送进疯人院去?为什么我身上穿着这件上衣,却没穿疯子的紧身衣?我至今仍然相信真,相信善,我是个理想主义的傻瓜,这在我们这个时代岂不就是疯癫?对于我的真心实意,对于我的诚实态度,人家是怎样回报的呢?人家几乎往我的身上扔石子,骑到我脖子上来。就连我的至亲骨肉也一心要骑到我的脖子上来,叫鬼抓了我这个老笨蛋去。……"

"跟您简直没法照普通人那样谈话!"尤丽雅·谢尔盖耶芙娜说。

她猛然从桌旁站起来,回到自己的房间去了。她想起她父亲常常对她不公平,就十分气愤。然而过了一会儿她又觉得对父亲歉然,等到他动身到俱乐部去,她就送他下楼,亲自给他关门。外面天气不好,刮风。房门被风吹得发抖,前厅里四面八方都有风吹来,几乎把蜡烛吹熄。尤丽雅走遍楼上各个房间,对着所有的窗子和房门画十字。风哀号,似乎有什么人在房顶上走动。她从来还没这么烦闷过,也没觉得这么孤单过。

她问自己:她只因为这个人的外貌不中她的意就拒绝了他,这做得对吗?不错,她不喜欢他,嫁给他就无异于永远放弃自己的梦想,放弃自己关于幸福和夫妇生活的观念,可是日后她会遇见她所梦想的那种男人,爱上他吗?她已经二十一岁了。这个城里却没有一个合适的对象。她想象她所认识的所有男子,文官啦,教师啦,军官啦,其中有的已经结婚,他们的家庭生活空洞乏味得惊人;有的不招人喜欢,缺乏光彩,不聪明,不道德。拉普捷夫呢,不管怎样总还是莫斯科人,在大学毕了业,会说法国话。他住在京城里,那儿有许多聪明的、高尚的、出色的人,那儿繁华,有非常好的剧院,有音乐晚会,有头一流的女裁缝,有糖果点心店。……《圣经》上写着妻子必须爱自己的丈夫,小说里也认为爱情有重大的意义,然而这是不是言过其实呢?莫非家庭生活缺了爱情就不行?其实,大家都说爱情很快就会过去,剩下来的无非是习惯罢了,家庭生活的根本目的不在于爱情,也不在于幸福,而在于责任,例如教养儿女,操持家务,等等。再者,《圣经》所说的对丈夫的爱也许指的就是对一般人的那种爱,对他的尊敬和宽容。

夜里,尤丽雅·谢尔盖耶芙娜专心地念晚祷词,然后跪下去,两只手按在胸口上,瞧着圣像前小灯的火苗,带着感情说:

"开导我吧,保护我们的圣母!开导我吧,主!"

她生平遇到过许多老姑娘,境况贫困,地位卑微。她们沉痛地懊悔,觉得以前不该拒绝那些求婚的男子。她自己会不会也落到这种下场呢?她要不要索性去进修道院,或者去做护士?

她脱掉衣服,在床上躺下,在自己胸前画十字,又朝周围的空间画十字。突然,过道里响起尖厉凄凉的门铃声。

"哎呀,我的上帝啊!"她说,铃声闹得她周身不好受。她躺在那儿,一直在想,这种内地的生活多么缺乏变化,单调,同时又不安宁。她常常发抖,担心会出什么事,生气,或者觉得自己不对,最后她的神经紧张得不得了,甚至不敢从被子底下往外看。

过了半个钟头,门铃声又响起来,还是那么尖厉。大概女仆睡着了,没听见。尤丽雅·谢尔盖耶芙娜点上蜡烛,浑身发抖,心里恼恨女仆,动手穿衣服。等她穿好衣服,走到过道上,使女却已经在楼下关门了。

"我还当是老爷回来了,不料来的是病家。"她说。

尤丽雅·谢尔盖耶芙娜回到自己的房间。她从五屉柜里取出一副纸牌,暗自定下一个解决的办法:把纸牌洗好,然后把洗过的牌分成两叠,上下倒置,如果底下的一张是红色的牌,那意思是"行",也就是说,应当同意拉普捷夫的求婚,如果是一张黑色的牌,那意思是"不行"。结果那张牌是黑桃十。

这使她心安下来,她睡着了,可是一到早晨,又是"行"也不成,"不行"也不成。她心想:要是她有意,现在她倒可以改变她的生活了。这个想法煎熬她,她筋疲力尽,觉得自己生病了。可是十一点刚敲过,她还是穿好衣服,去探望尼娜·费多罗芙娜。她想跟拉普捷夫见面,也许现在她会觉得他好一些,或许她一向错看了他也未可知。……

她逆着风走路很困难,几乎走不动,两只手按住帽子,由于风沙大,她什么也看不见。

四

拉普捷夫走进他姐姐的房间,出乎意料地看见尤丽雅·谢尔盖耶芙娜,就又感到了一个遭到嫌弃的人的屈辱心情。他暗自推断:既然发生过昨天那件事以后她还能够这样轻松地到他姐姐这儿来,跟他见面,可见她没有把他放在眼里,或者认为他是一个极其渺小的人物。然而临到他跟她打招呼,她脸色却发白,眼睛底下沾着灰尘,悲哀而负疚地瞧着他,他心里才明白她也在受苦。

她身体不舒服。她坐了不久,只有十分钟光景,就起身告辞了。她一面走出去,一面对拉普捷夫说:

"请您送我回家吧,阿历克塞·费多雷奇。"

他们默默地在街上走着,按住帽子,他走在后面,极力给她挡住风。胡同里风势小一点,在这儿他们俩才并排走路。

"要是昨天我态度冷淡,那就请您原谅我,"她开口了,声调发颤,仿佛她要哭出来了,"真是受罪啊!我一夜没睡好。"

"我倒通宵睡得很香,"拉普捷夫说,眼睛没看她,"不过,这并不是说我心里好受。我的生活破碎了,我深深地不幸,自从您昨天拒绝我以后,我就像个中了毒的人似的走来走去。最难启齿的话昨天已经说出口了,今天我跟您在一起就不再觉得别扭,能够痛痛快快地讲话了。我爱您胜过爱我的姐姐,胜过爱我故去的母亲。……没有姐姐,没有母亲,我能够生活下去,过去也确实生活下来了,可是缺了您,生活在我就成了没有意义的事,我没法生活下去。……"

如同往常一样,这时候他猜出了她的心意。他明白她想重提昨天的事,她只为了这一点才请求他送她,此刻正带着他到她家里去。不过,她除了昨天的回绝以外,还能补充些什么呢?她想出了什么新的话呢?从种种迹象看来,从她的目光、从她的笑容看来,甚至从她跟他并排走路的时候昂起头、挺起肩膀的神态看来,他明白她依旧不爱他,他在她眼里是生疏的。那她还有什么话要说呢?

医生谢尔盖·包利绥奇在家。

"欢迎光临,见到您非常高兴,费多尔·阿历克塞伊奇,"他说,把他的本名和父名弄混了,"非常高兴,非常高兴。"

早先他没有这样客气过,拉普捷夫推断医生已经知道他求婚的事,他不喜欢这一点。现在他坐在客厅里,这个房间里寒伧而庸俗的摆设和那些不高明的画片都给他留下古怪的印象。虽然这儿有圈椅,又有带罩子的大灯,可是看上去这个客厅仍旧像是个不适于住人的地方,倒像是一个宽敞的板棚。显然,在这个房间里,只有像医生这样的人才会觉得舒服。另一个房间比这几乎大一倍,叫作大厅,那儿只有一些椅子,像跳舞厅一样。拉普捷夫坐在客厅里,跟医生谈他的姐姐,有一个疑问开始折磨他。尤丽雅·谢尔盖耶芙娜到他姐姐尼娜那儿去,后来又带着他到这儿来,莫非是为了对他说明她接受了他的求婚?啊,这多么可怕呀,不过最可怕的是他的心里竟能生出这样的疑问。他暗自想象昨天傍晚和夜里这父女两人商量了很久,也许争论了很久,然后达到一致的结论:尤丽雅拒绝一个有钱人的求婚未免做得轻率。他的耳朵里甚至响起在这种情形下做父母的常说的一些话:

"不错,你不爱他,可是另一方面,你想想看,你可以做成多少好事啊!"

医生要出门去看病人了。拉普捷夫想跟他一块儿走,可是尤丽雅·谢尔盖耶芙娜说:

"请您再坐一会儿,我求求您。"

她非常痛苦,心情沮丧。现在她对她自己强调说:单单因为他不招她喜欢,她就拒绝这样一个正派、善良而且热爱她的人,特别是她嫁给他以后就有可能改变她的生活,改变她的忧郁、单调、闲散的生活,改变她的虚度青春岁月而前途看不见一点光明的生活,总之,在这类情形下拒绝这件婚事,简直是发疯,简直是任性和苛求,说不定连上帝都会为这件事惩罚她的。

她父亲走了。等到他的脚步声消失,她就忽然在拉普捷夫面前站住,脸色白得吓人,同时用果断的口气说:

"我昨天想了很久,阿历克塞·费多雷奇。……我接受您的求婚。"

他弯下腰去吻她的手,她用冰凉的嘴唇别扭地吻一下他的头。他感到在这个表白爱情的场面中缺乏主要的东西,那就是她的爱情,而却有许多不必要的东西。他恨不得大叫一声,跑出门外,立刻回到莫斯科去,可是她站得那么近,显得那么美丽,于是一股热情忽然从他的心里涌起,他暗想现在再考虑也已经迟了,就热烈地搂住她,紧紧地拥抱她,嘴里含糊地说着什么,称呼她"你",吻她的脖子,然后吻她的脸,吻她的头。……

她害怕这种亲热,就走到窗前去了。他俩已经懊悔不该表白爱情,两个人都慌张地问自己:

"为什么会发生这样的事?"

"要是您知道我多么不幸就好了!"她握紧双手,说。

"您怎么了?"他问,走到她跟前,也握紧自己的双手,"我亲爱的,看在上帝的分上,告诉我:这是怎么回事?不过千万要说实话,我求求您,千万要说实话!"

"您别管了,"她说,勉强笑一笑,"我答应您,我会做一个忠实的、本分的妻子。……今天傍晚您来吧。"

后来他坐在他姐姐身旁,念一本历史小说的时候,想起了这一切,就觉得委屈,他那美好的、纯洁的、强烈的感情竟得到这样浅薄的回报,人家并不爱他,却接受了他的求婚,这大概只是因为他有钱,也就是说,人家看重他的地方正是他自己最看轻的地方。尤丽雅纯洁,信仰上帝,一次也没有想到过钱,这是可以承认的;然而她不爱他,根本不爱他,显然她另有打算,虽则那种打算没考虑得十分周详,模模糊糊,可是仍旧不失为一种打算。医生的家由于庸俗的摆设惹他讨厌,医生本人看上去像是一个卑微而肥胖的守财奴,轻歌剧《科涅维尔的钟》①里加斯巴尔之流的人物,尤丽雅这个名字听起来有些俗气。他想象他和他的尤丽雅怎样去举行婚礼,实际上彼此十分隔膜,她对他连一丁点感情也没有,仿佛是媒婆把他们撮合在一起的。现在对他来说只剩下一种跟这桩婚事一样庸俗的安慰,那就是在这种事情上他不是头一个,也不是末一个,成千上万的人都是照这样结婚的,等到两人相处久了,尤丽雅就会逐渐了解他,也许就会爱他了。

"罗密欧与朱丽叶②!"他合上书说,笑起来,"尼

---

① 法国作曲家普朗盖特(1848—1903)的三幕轻歌剧。
② 英国诗人和剧作家莎士比亚的悲剧《罗密欧与朱丽叶》中的男女主人公。

娜，我成了罗密欧。你可以给我道喜，我今天向尤丽雅·别拉文娜求婚了。"

尼娜·费多罗芙娜以为他在说笑话，可是后来相信了，就哭起来。她不喜欢这个消息。

"好吧，我给你道喜，"她说，"可是为什么这样突然？"

"不，这不算突然。事情从三月起就开始了，只是你没注意罢了。……三月间，在这儿，就在你这个房间里，我跟她相识以后，我就爱上她了。"

"本来我还以为你会娶一个我们那儿的姑娘，莫斯科的姑娘呢，"尼娜·费多罗芙娜沉默了一会儿，说，"我们那个圈子里的姑娘要纯朴些。不过，主要的是，阿辽沙，你觉得幸福就行，这是最主要的。我的格利果利·尼古拉伊奇不爱我，这没法隐瞒，你看得出我们在怎样生活。当然，每个女人都可能因为你善良，因为你聪明而爱上你，可是要知道，尤列琪卡上过贵族女子中学，是个贵族，对她来说，光是聪明和善良是不够的。她年轻,你自己呢,阿辽沙,可已经不算年轻了,而且你长得也不漂亮。"

为了缓和最后这句话,她摩挲着他的脸,说:

"你不漂亮,可是你招人喜欢。"

她十分激动,连她的脸上都现出了淡淡的红晕。她兴致勃勃地谈到,由她来拿着圣像给阿历克塞祝福,不知是不是合适,她说她是大姐,应该可以替代他的母亲。她竭力劝她那沮丧的弟弟,说婚礼要办得体面,隆重,热闹,免得让人议论。

后来,他就凭未婚夫的身份到别拉文家里去,每天去三次或者四次,已经没有工夫跟萨霞换班,念历史小说了。尤丽雅在她自己的两个房间里接待他,那儿离客厅和她父亲的书房相当远,他很喜欢这两个房间。房间里的墙壁是深色的,墙角上立着放圣像的神龛,屋里有上等香水和长明灯的灯油气味。她住在这所房子最后面的房间里,她的床和梳妆台由一道围屏遮住,书橱的小门里面挂着绿色帘子,地上铺着地毯,因此她走起路来完全听不到她的脚步声。他从这些迹象断定她性格内向,喜欢过平和安静、离群索居的生活。她在家里还处在未成年的地位,她自己没有钱,出去散步的时候往往因为身边连一个戈比也没有而发窘。她父亲略微给她一点钱添制衣服和买书,一年不超过一百卢布。再者,医生本人尽管私人行医收入不少,却也几乎没有钱。每天傍晚他都在俱乐部里打牌,老是输钱。此外,他在信用社里买下一些带有债务的房屋,把它们租出去,房客们不按时付房租,可是他却相信这种房屋生意很有赚头。他把他和他女儿住的这所房子抵押出去,用那笔钱买下一片荒地,已经开始在荒地上造一所两层楼的大房子,将来准备把它抵押出去。

现在拉普捷夫像是在雾里生活,仿佛活着的不是他,而是他的化身,这人做了许多他以前下不了决心做的事。他跟医生一块儿到俱乐部去过两三次,跟他一块儿吃晚饭,主动送钱给他供造房用。他甚至去过巴纳乌罗夫的外家。有一回巴纳乌罗夫请他到外家去吃饭,他不加考虑就答应了。迎接他的是一个大约三十五岁的女人,又高又瘦,头发已经有点斑白,眉毛挺黑,看来不是俄国人。她脸上扑过粉,现出一块块的白斑。她朝他甜蜜地微笑,握起手来很用劲,弄得她那白净的腕子上的镯子玎玲玎玲响。拉普捷夫觉得她那样笑是因为她想把自己的不幸瞒住别人,也瞒住自己。他还看见两个小姑娘,一个五岁,一个三岁,长得很像萨霞。开饭的时候,仆人端来奶油汤、冷牛肉加胡萝卜、可可茶。菜都太甜,不好吃;然而另一方面,桌面上摆着金餐叉、酱油瓶、辣椒瓶、异常精致的五味瓶架、金胡椒瓶等,闪闪发光。

一直到喝完奶油汤,拉普捷夫才想起来他跑到这儿来吃午饭实际上很不妥当。那个女人很窘,一直赔着笑脸,露出牙齿。巴纳乌罗夫根据科学原理解释什么叫作钟情,它是怎样产生的。

"在这里牵涉到一种电流现象,"他用法国话对那个女人说,"每个人的皮肤里都有许多极其细微的腺,这些腺里保存着电流。假如您遇见一个人,而这个人的电流跟您的相似,您就生出爱情来了。"

拉普捷夫回到家里,他姐姐问他到哪儿去了,他觉得难于说出口,就什么话也没回答。

婚前那段时期,他觉得自己陷入尴尬的境地。他的爱情每天在增长,越来越强烈,他觉得尤丽雅富有诗情,高尚,然而相互间的爱情仍旧没有,实际上是他在买她,而她在卖自己。有的时候他思前想后,简直陷于绝望,就问自己:要不要索性跑掉?他已经一连许多夜没有睡好,老是在想他婚后到莫斯科去,怎样跟在写给朋友的信上称之为"某女士"的那个女人见面,他父亲和他哥哥这两个难以相处的人会怎样对待他的婚事,怎样对待尤丽雅。他担心他父亲一见到他们就会对尤丽雅说出一些不客气的话。近来他哥哥费多尔起了点古怪的变化。他写来长信,讲到健康的重要,讲到疾病对心理状态的影响,讲到什么叫作宗教,可是一个字也没提到莫斯科,提到商行的生意。这些信惹得拉普捷夫生气,他觉得他哥哥的性格正在往坏里变。

结婚是在九月。婚礼在彼得和保罗教堂做完日祷后举行,当天新婚夫妇动身到莫斯科去。等到拉普捷夫和他那穿着黑色连衣裙、拖着长后襟、外貌已经不像姑娘而像真正的太太的妻子跟尼娜·费多罗芙娜告别的时候,病人的整个脸变了样子,可是她那干枯的眼睛没有流出一滴眼泪。她说:

"如果我死了(但愿不要发生这样的事),请你们把我那两个小女孩接去。"

"哦,我一定照您的话做!"尤丽雅·谢尔盖耶芙娜回答说,她的嘴唇和睫毛也神经质地颤动了。

"十月间我来看你,"拉普捷夫深情地说,"你快点好起来吧,我亲爱的。"

他们在火车上占了一个包房。两个人都感到忧伤和别扭。她坐在角落里,没有脱帽子,做出打盹的样子,他躺在她对面的长沙发上,给种种思想困扰着,他想到他的父亲,想到"某女士",想到尤丽雅会不会喜欢他在莫斯科的住宅。他瞧着这个不爱他的妻子,沮丧地暗想:"为什么会发生这样的事?"

五

拉普捷夫家在莫斯科经营服饰用品的批发生意,买卖穗子、绦带、花边、针织品、纽扣等。每年进款总额达到两百万,纯收入有多少,除了老人以外谁也不知道。儿子们和店员们断定这种收入将近三十万,还说,如果老人"不乱扔钱",也就是说不胡乱放债的话,他本来还可以多得十万,近十年来单是没有希望偿还的债款已经几乎积累到一百万。每逢大家谈到这一点,老店员就狡猾地眨眨眼睛,说出一句不是大家都能听懂的话:

"这是时代在心理上造成的后果。"

主要的贸易业务在本城的商场里一所名叫仓库的房子里进行。仓库的门外是一个院子,那儿总是半明半暗,有蒲席①的气味,拉大车的马在沥青路上踩出一片响声。仓库的门看上去很不起眼,包着一层铁皮,走进门去就是一个房间,墙壁潮得变成褐色,上面用木炭写满了字,有一扇窄窗子放进亮光来,窗上安着铁栅栏。左面是另一个房间,比较大,也比较干净,有一个铁炉子和两张桌子,然而也有一个监狱样的窗子,这儿是账房。从这儿有一道窄小的石砌楼梯通到楼上,那儿是主要的堆房。这是个相当大的房间,然而由于长年阴暗,房顶很低,货箱和货包十分拥挤,人来人往川流不息,这个房间就像楼下那两间一样给新来的人留下不顺眼的印象。楼上的房间里和账房里一样,货架上放着成捆成包的和装在纸盒里的货物,这些货物陈列得既没有次序,也说不上美观;要不是因为这儿那儿的纸包上有些窟窿,有的露出大红线,有的露出流苏,有的露出穗子的末梢,那就不能一下子猜出这儿在做

---

① 供包装货物用。

什么生意。看一下那些揉皱的纸包和纸盒,人简直不能相信这一类小玩意儿能卖几百万,而且这个仓库里每天都有五十个人忙着做买卖,而买主还不计算在内。

拉普捷夫到达莫斯科以后,第二天中午来到这个仓库,搬运工人们正在包装货物,把货箱敲得震天价响,弄得第一个房间里和账房里的人谁也没有听见他走进来。有一个熟识的邮差从楼上走下来,手里拿着一叠信,被敲打声吵得皱起眉头,也没有注意他。在楼上,头一个迎接他的是他的哥哥费多尔·费多雷奇,他们两个人长得像极了,别人都以为他们是孪生弟兄。这种相像经常使拉普捷夫联想到他自己的外貌,现在他看见眼前这个人身量不高,面色绯红,脑袋上头发稀疏,大腿细弱,模样那么不招人喜欢,不文雅,他就问自己:"难道我也是这个样子吗?"

"看见你,我多么高兴啊!"费多尔说,吻他的弟弟,紧紧地握一下弟弟的手,"我天天都心焦地盼着你回来,我亲爱的。你信上说你要结婚了,好奇心就开始

三 年 集

煎熬我,而且我惦记你,弟弟。你想一想吧,我们有半年没见面了。哦,怎么样?你过得怎么样?尼娜病重吗?病得很重?"

"病得很重。"

"这也是上帝的旨意,"费多尔叹道,"哦,那么你的妻子呢?大概是个美人儿吧?我已经喜欢她了,现在她是我的小妹妹了。我们大家都会喜爱她的。"

拉普捷夫看到了父亲费多尔·斯捷潘内奇那他早就熟悉的伛偻的宽背。老人坐在柜台旁边一张凳子上,跟一个买主谈话。

"爸爸,上帝给我们送喜事来了!"费多尔叫道,"弟弟来了!"

费多尔·斯捷潘内奇个子高,体格非常结实,因此尽管他已经八十岁,满脸皱纹,可是从外貌上看,仍然是个健康强壮的人。他用男低音说话,那声音从他宽阔的胸膛里发出来,像是从大桶里发出来似的,深沉,浑厚,有力。他剃掉了胡子,留着剪短的、兵士式的唇髭,吸雪茄烟。他老是觉得热,因此他在仓库里和家里一年四季总是穿着肥大的帆布上衣。不久以前,他动过摘除白内障的手术,目力很差,已经不做买卖,光是跟人谈话,陪人喝加果酱的茶了。

拉普捷夫弯下腰去吻他的手,然后吻他的嘴。

"很久没见面了,先生,"老人说,"很久了。怎么样,要我给你的合法婚姻道喜吗?好吧,遵命,大喜大喜。"

他就努出嘴唇等他儿子来吻。拉普捷夫弯下腰去吻他。

"怎么样,你把你那位小姐也带来了吗?"老人问,他没有等到回答,就转过脸去对那个买主说,"现在我通知您,爸爸,我要跟某某姑娘结婚了。对。至于请求爸爸祝福,听取他的意见,这种章法已经没有了。现在他们自作主张。当初我结婚的时候,已经过四十岁,可是我还是在我父亲跟前跪下,请他老人家指点我。现在可不兴这一套了。"

老人见到儿子很高兴,可是又认为跟儿子亲热,露出高兴的样子是不成体统的。他的声调、他说话的口吻、"小姐"的称呼,都在拉普捷夫心里引起每次到仓库里来总要体验到的那种恶劣心绪。这儿每一件小东西都使他回想起过去他挨打、吃斋的情况,他知道就连现在学徒们也挨打,鼻子被打出血,等到这些学徒长大,他们自己也会打人。他只要在仓库里待上五分钟,就会觉得马上要有人来骂他,或者打他的鼻子了。

费多尔拍拍买主的肩膀,对弟弟说:

"喏,阿辽沙,我来给你介绍一下,这位是我们坦波夫的老乡格利果利·季莫菲伊奇。他可以给现代青年做个榜样。他已经五十多岁,却还有吃奶的孩子呢。"

伙计们笑起来,买主,一个白脸的瘦老头儿,也笑了。

"这是超过一般效能的天赋,"伙计们的头儿说,他也站在柜台里面,"既然里边有,就总会冒出来。"

伙计们的头儿是个高身量的男子,五十岁上下,留着黑胡子,戴着眼镜,耳后插着一管铅笔,他照例旁敲侧击、意义不明地表达自己的思想,同时从他那狡猾的笑容又可以看出他赋予他的话以一种特殊而微妙的意义。他喜欢用书上的句子把自己的话弄得晦涩难懂,而且总是按自己的方式理解那类句子,有许多普通的字眼经他一用,常常不符合它们原来的意义。例如"此外"这两个字。每逢他坚决地表达一种想法而不愿意别人来反驳,他总是把右手往前伸出去,说一声:

"此外!"

最惊人的是别的伙计和顾客们都能听清楚他的意思。他名叫伊凡·瓦西里伊奇·波恰特金,原籍是卡希拉。现在,他向拉普捷夫道喜而说出了这样一番话:

"从您这方面来说,这是勇敢的功劳,因为女人的心是沙米尔①。"

---

① 沙米尔(约 1798—1871),高加索山民的民族主义宗教运动的领袖,曾对俄国作战二十五年。

仓库里另一个重要人物是一个姓玛凯伊切夫的伙计,他是个丰满、壮实的金发男子,留着络腮胡子,整个头顶都秃光了。他走到拉普捷夫跟前,恭恭敬敬地向他小声道贺:

"恭喜恭喜,先生。……上帝听见了令尊的祷告,先生。感谢上帝,先生。"

然后别的伙计陆续走过来,庆贺他的合法婚姻。他们都装束入时,外貌十分正派,彬彬有礼。他们说话的时候,把"о"念重音,把"г"念成拉丁语的"g",他们几乎每隔两个字就加一个"先生",因此他们的贺词说得像绕口令,例如"祝您,先生,如意,先生"这句话听起来像是有人在半空中抽了一鞭子,发出"夫希希希"的声音。

所有这些很快就弄得拉普捷夫厌烦,打算回家去了,可是走掉是不合适的。为了顾到礼貌,至少得在仓库里逗留两个钟头才行。他就离开柜台,走到一旁,开始问玛凯伊切夫今年夏天过得是否顺利,有什么新闻没有,那一个就恭恭敬敬地回答,眼睛不看着他。有个头发剪得短短的、穿着灰色工作服的学徒给拉普捷夫送来一杯茶,茶杯下面没有茶碟。过了一会儿,另一个学徒走过这儿,绊在货箱上,几乎跌一跤,威严的玛凯伊切夫就突然做出吓人的凶狠脸色,恶魔似的对他大喝一声:

"要用脚走路!"

伙计们看到少东家结了婚,终于回来了,都挺高兴,他们带着好奇心亲切地瞧着他,每个走过他身边的人都认为有责任对他恭恭敬敬地说一句好听的话。然而拉普捷夫相信这都不是出于真心,他们在奉承他,因为他们怕他。他怎么也忘不了,大约十五年前,有一个伙计得了精神病,只穿着衬里衣裤,光着脚跑到大街上,朝老板家的窗子威胁地摇拳头,喊着说他受了虐待。后来这个可怜的人病好了,大家还拿他开了很久的玩笑,告诉他说当初他想骂老板"剥削者"却骂成"剥血者"了。总之,职工们在拉普捷夫商行里生活得很糟,关于这一点整个商场早就议论纷纷。最糟的是老人费多尔·斯捷潘内奇在对待他们的态度上保持着野蛮专横的作风。比如,谁也不知道他所宠信的波恰特金和玛凯伊切夫挣多少薪金;他们一年连赏金在内各拿到三千,不会再多了,可是他装出一副样子,好像他给了他们每人七千。赏金倒是所有的伙计每年都有份,然而是在私下里拿到的,因此拿得少的人为了面子不得不说拿得多。没有一个学徒知道自己什么时候才会升为伙计,没有一个职工知道老板对自己是不是满意。没有一件事是明令禁止伙计们做的,所以他们也就不知道究竟什么事可以做,什么事不可以做。谁也没有禁止他们结婚,然而他们都不结婚,生怕结了婚会惹得老板不满意,丢掉饭碗。他们可以有朋友,也可以到朋友家里去做客,可是晚上九点钟就关大门,而且每天早晨老板总是怀疑地打量所有的职工,考察他们嘴里有没有酒气:"喂,吐一口气!"

每到节日职工们都得去做晨祷,而且在教堂里得站在老板看得见的地方才行。持斋是严格遵行的。遇上庆祝日,例如老板或者他的家属的命名日,伙计们就得签名,合送一份福列商店的甜馅饼或者一本纪念册。他们住在皮亚特尼茨基街上那所房子的楼下房间里或者侧屋里,一个房间住三四个人,吃饭时候虽然每人面前放一个盘子,可是大家凑着一个公用的大钵吃东西。如果在吃饭时候老板家里有人到他们这儿来,他们就全都站起来。

拉普捷夫体会到,在他们当中,只有受老人教育毒害很深的人才能认真把他看作恩人,其他的人都把他看作敌人和"剥血者"。现在,拉普捷夫出去半年以后回来,没有看出什么好的变化,倒是出现了一种新的、不是什么吉兆的现象。他哥哥费多尔从前文静,好深思,非常谦和,现在却现出热心办事的忙人的样子,耳朵后面插着一管铅笔,在仓库里跑来跑去,拍顾客们的肩膀,对伙计们喊叫:"朋友们!"显然他在扮演一种什么角色,这种新角色使阿历克塞认不出他来了。

三　年　集

老人那低沉的语声不停地响着。他闲得没事做,就教导顾客们应当怎样生活,怎样做买卖,同时老是拿自己做榜样。这种夸耀,这种以权威自居盛气凌人的口吻,拉普捷夫在十年前,十五年前,二十年前就已经听熟了。老人崇拜自己,从他的话听来,好像他让他那已故的妻子和亲人获得了幸福,给予孩子们奖励,是他的伙计们和职工们的恩人,使得所有的街坊和熟人都永远为他祷告上帝。不管他做什么事,总是正确无误,如果别人把事情办坏了,那也只是因为他们不肯跟他商量。不要他出主意,那是任什么事也办不成的。在教堂里,他总是站在大家前面,甚至在神甫们主持弥撒之际,要是他认为他们做得有不对头的地方,他也要指出,而且认为这样做会使上帝满意,因为上帝爱他。

下午将近两点钟,仓库里所有的人都忙着做生意,只有老人除外,他仍旧在叽叽咕咕地说话。拉普捷夫不便于闲着站在那儿,就从一个女工手里接过花边来,让她走掉,然后听一个买主,沃洛格达商人讲话,并且吩咐伙计张罗生意。

"T, B, A!"从四面八方传来喊叫声(在仓库里,字母是用来表示商品的价钱和号码的),"Р, И, Т!"

拉普捷夫临走时,只跟费多尔一个人告别。

"我明天带着我妻子一同到皮亚特尼茨基街来,"他说,"可是我预先声明,要是父亲对她哪怕只说出一句粗鲁的话,我就会立即走掉,在那儿连一分钟也不待。"

"你还是老样子,"费多尔说,叹了口气,"你结了婚也没改变脾气。弟弟,得迁就老人一点。那么,好,明天十一点钟来吧。我们会急切地等着你们。那么做完日祷就直接到这儿来吧。"

"我不去做日祷。"

"哦,那也没关系。要紧的是别过十一点再来,好赶上祈祷,然后跟我们一块儿吃早饭。替我问小妹妹好,吻她的小手。我有个预感,我会喜欢她的,"费多尔十分诚恳地补充道,"我羡慕你,弟弟!"他看着阿历克塞走下楼去,大声说。

"为什么他老是畏畏缩缩,有点害羞的样子,好像觉得自己赤身裸体似的?"拉普捷夫想,顺着尼柯尔斯克街走去,极力想了解费多尔所起的变化,"连他的谈吐中也有点新东西,什么弟弟啦,亲爱的兄弟啦,上帝赐给我们恩惠啦,让我们祷告上帝啦,好像是谢德林的犹独式加①似的。"

六

第二天是星期日,上午十一点钟,他带着妻子坐一辆由一匹马拉的轻便马车沿着皮亚特尼茨基街行驶。他生怕费多尔·斯捷潘内奇会有什么不得体的举动,因此事先就已经感到不愉快。尤丽雅·谢尔盖耶芙娜呢,在丈夫家里待了两夜之后,已经认定自己的婚姻是

---

① 俄国作家萨尔蒂科夫-谢德林(1826—1889)的长篇小说《戈罗夫略夫一家》中的主人公,一个好诈恶毒、假情假意的伪君子。

错误的,不幸的,如果她跟她丈夫不是住在莫斯科,而是住在另一个城里,那她就会觉得受不了这种可怕的处境。可是莫斯科吸引她,她很喜欢那些街道、房屋、教堂,如果能够坐着由名贵的骏马拉着的漂亮雪橇,整天价,从早到晚,在莫斯科兜风,随着疾速的奔驰吸进秋天的清凉空气,那她也许就不会认为自己这么不幸了。

在那座新近粉刷过的、白色的两层楼房子附近,车夫勒转马,开始往右拐弯。大家已经在这儿等着。大门旁边站着扫院人,穿一件新的长上衣,脚下一双高筒靴外加套鞋,另外还有两名警察。整个空地从街中心到大门口,然后从院子里到门廊上,都铺着新沙土。扫院人脱下帽子,警察行举手礼。在门廊附近,费多尔带着十分严肃的脸色迎接他们。

"跟你认识很高兴,小妹妹,"他说,吻尤丽雅的手,"欢迎光临。"

他挽着她的胳臂领她走上楼梯,然后从男男女女的人群中穿过走廊。前厅里也拥挤,有神香的气味。

"我马上带您去见我们的父亲,"费多尔在庄重的、死一般的寂静中小声说,"他是个可敬的老人,家长①。"

在宽敞的大厅里,一张准备做祈祷时用的桌子旁边,站着费多尔·斯捷潘诺维奇,分明在等他们。他身旁站着一个头戴法冠的司祭和一个助祭。老人对尤丽雅伸出手来,一句话也没说。大家都沉默着。尤丽雅有点发窘了。

司祭和助祭开始穿上法衣。手提香炉送来了,香炉里迸出火星,冒出神香和木炭的气味。蜡烛点亮了。伙计们踮着脚走进大厅里来,沿墙站成两排。四下里静悄悄的,连咳嗽的声音也没有。

"赐福吧,人间的主宰。"助祭开口了。

祈祷做得隆重而庄严,一个细节也没漏掉,还念了

---

① 原文为拉丁语。

两首赞美诗:一首歌颂最亲爱的耶稣,另一首歌颂最神圣的圣母。歌手们只照乐谱唱,唱了很久。拉普捷夫留意到刚才他妻子怎样发窘,在司祭们念赞美诗,歌手用不同的调子一连三次唱出"求主怜悯我们"的时候,他心里紧张地等待着老人马上就会回头看一眼,发话了,例如"您就连在胸前画十字也不会"。他不由得暗自气恼:何必凑这么一群人,何必要教士们和歌手们来搞这么一套仪式呢?这也未免太商人气了。然而她却和老人一样,把头放到福音书下面,然后跪下好几次,他才明白她喜欢这一套,于是他放心了。

在祈祷的末尾,念到"许多年"的时候,司祭让老人和阿历克塞吻十字架,然而尤丽雅·谢尔盖耶芙娜走过去要吻的时候,他却用手盖住十字架,做出要说话的样子。有人就向歌手们挥一下手,要他们停住唱。

"先知撒母耳,"司祭开口了,"奉上帝的旨意到伯利恒去,那城里的长老都战战兢兢地问:'你是为平安来的吗?'先知说:'为平安来的。我是给耶和华献祭,你们当自洁,来与我同吃祭肉。'①那么,上帝的奴隶尤丽雅,我们也该问你,你是为平安到这个人家来的吗?……"

尤丽雅激动得脸孔通红。司祭说完话就让她吻十字架,然后用一种完全不同的口气说:

"现在该费多尔·费多雷奇结婚了。是时候了。"

歌手们又唱起来,大家纷纷活动,声音嘈杂。老人深受感动,眼睛里含满泪水,吻了尤丽雅三次,在她脸上画十字,说:

"这是你们的家。我这个老头儿什么也不需要了。"

伙计们纷纷道喜,说话,可是歌手们唱得很响,弄得什么也听不清。然后大家吃早饭,喝香槟酒。她跟老人并排坐着,他对她说分开住不好,应当住到一块儿,住在一所房子里,分开和不和睦会弄得破产。

---

① 见《旧约·撒母耳记(上)》,第16章,第4—5节。

"我挣钱,儿女们却光是花钱,"他说,"现在你们就跟我住在一所房子里,来挣钱吧。我这个老头儿也该休息了。"

尤丽雅眼前时时刻刻闪过费多尔的身影,他长得很像她的丈夫,不过好动得多,也腼腆得多。他在她身旁走过来走过去,常常吻她的手。

"我们,小妹妹,是普通人,"他说,同时他的脸上泛起红晕,"我们生活简单,照俄国人那样,照基督徒那样过日子,小妹妹。"

拉普捷夫回到家里,想起一切都进行得很顺利,出乎他的预料,没出什么特别的事,不由得很满意,就对他的妻子说:

"你会觉得奇怪:身材高大、肩膀很宽的父亲竟有像我和费多尔这样身材矮小、胸脯很窄的孩子。不过这也十分自然!我父亲到四十五岁才娶我的母亲,而当时我母亲刚十七岁。她在他面前总是脸色苍白,身子发抖。尼娜头一个生出来,那当儿母亲还比较健康,所以她长得比我们结实,比我们好。而我和费多尔呢,在母亲腹中以及后来出生的时候,母亲已经被经常的恐惧折磨得精力衰竭了。我记得,父亲开始教导我,或者说得简单点,开始打我的时候,我还不到五岁。他用树条抽我,揪我的耳朵,打我的脑袋。我每天早晨醒来,头一件事就是暗想我今天会不会挨打。游戏和玩耍在我和费多尔是禁止的,我们必须去做晨祷,去做早弥撒,吻神甫和修士的手,在家里念赞美诗。你是信教的,喜欢这些,可是我怕宗教,每逢我走过教堂,总会想起我的童年时代,不寒而栗。我八岁那年就给领到仓库去了。我像一个普通的学徒那样干活,这是对健康有害的,因为我在那儿几乎天天挨打。后来他们把我送到中学去,午饭前我在学校里念书,午饭后到傍晚仍旧得坐在仓库里。我照这样一直活到二十二岁,才在大学里认识亚尔采夫,他劝我离开父亲的家。这个亚尔采夫帮过我很多忙。你看怎么样,"拉普捷夫说,愉快地笑起来,"我们现在就去拜访亚尔采夫吧。这是个极其高尚的人!他会多么感动啊!"

七

十一月里一个星期六,安东·鲁宾施坦①在交响乐音乐会上做指挥。会场很挤,里面闷热。拉普捷夫站在一根圆柱后面,他妻子和柯斯嘉·柯切沃依远远地坐在前面第三排或者第四排。幕间休息刚开始,那位"某女士",波丽娜·尼古拉耶芙娜·拉苏季娜,十分意外地走过他面前。他婚后常常担心会遇见她。现在她不加掩饰地公然瞅他一眼,他才想起他至今还没准备对她解释一下,或者给她写一封友好的、哪怕只有两三行的信,倒好像在躲着她似的。他觉得于心有愧,就脸红了。她急忙使劲握一下他的手,问道:

"您看见亚尔采夫没有?"

---

① 安东·鲁宾施坦(1829—1894),俄国钢琴家、作曲家、乐队指挥。

随后,她没等他回答,就迈开大步急速地往前走去,仿佛有人在她身后推她似的。

她很瘦,不漂亮,鼻子长,脸容永远疲惫不堪,她似乎费了很大的劲才使自己的眼睛睁着而不致合上。她那对黑眼睛很好看,神情聪明,善良,诚恳,可是动作笨拙而突兀。跟她谈话是不容易的,因为她不善于听人家说话,自己也不会平心静气地讲话。要爱她是挺难的。她跟拉普捷夫单独在一起的时候,往往笑上很久,双手蒙住脸,口口声声说爱情在她不是生活中主要的东西。她扭扭捏捏,像个十七岁的姑娘,跟她接吻以前必须吹熄所有的蜡烛。她已经三十岁了。她原本嫁给一个教师,可是早就不跟她的丈夫住在一起了。她靠教音乐课和参加四重奏维持生活。

在演奏《第九交响曲》的时候,她又走过他身旁,仿佛出于无意似的,可是圆柱后面站着一群男人,像一堵厚墙,不容她再往前走,她就站住了。拉普捷夫看见她身上仍旧穿着去年以至前年她穿着参加音乐会的那件丝绒短上衣。她的手套是新的,扇子也是新的,然而都是便宜货。她喜欢打扮,可又不会打扮,也舍不得在这上面花钱。她穿得不像样,不整洁,每逢她在街上迈开大步匆匆忙忙走去上课,通常容易被人错看成年轻的见习修士。

听众鼓掌,喊着再来一次①。

"今天傍晚您得陪着我,"波丽娜·尼古拉耶芙娜走到拉普捷夫跟前说,严厉地瞧着他,"我们从这儿一起出去喝茶。您听见了吗?这是我的要求。您欠着我很多情,您没有任何道义上的权利拒绝我这个最起码的要求。"

"好,我们一块儿走。"拉普捷夫同意。

交响乐结束以后,没完没了的叫幕声开始了。听众纷纷起座,非常缓慢地往外走,拉普捷夫不能跟他妻子一句话也不交代就走掉。他只好在大门旁边站住,

---

① 原文为拉丁语。

等着。

"我渴得要命,"拉苏季娜抱怨说,"我心里烧得慌。"

"在这儿可以喝个够,"拉普捷夫说,"我们到小吃部去吧。"

"哼,我可没有钱丢给茶房。我又不是什么商人。"

他伸出手去要挽她的胳膊,她拒绝了,说了一句他已经听她说过许多次而且长得令人生厌的话,大意是她认为自己不是软弱的女性,不需要男人老爷们效劳。

她一面跟他谈话,一面打量听众,常跟她的熟人打招呼,这些人是她的格里耶高等女校的同学、音乐学院的同学、她的男学生和女学生。她急匆匆地、紧紧地握他们的手,仿佛要拉住不放似的。可是后来她像发了热病似的扭动肩膀,发抖,最后害怕地瞧着拉普捷夫,轻声说:

"您娶了个什么样的人啊?您这个疯子,您的眼睛长到哪儿去了？这么一个微不足道的傻丫头,您瞧中了她哪一点？要知道,我是看中您的智慧,看中您的心灵才爱上您的,这个瓷娃娃啊,只需要您的钱!"

"不要讲这些,波丽娜,"他用恳求的声调说,"关于我的婚姻您所能对我说的一切,我已经对我自己说过很多回了。……您别给我增添痛苦了。"

尤丽雅·谢尔盖耶芙娜出来了,穿着黑色连衣裙,胸前戴着她公公在祈祷完毕后送给她的钻石大别针。她身后跟着她的随从:柯切沃依,两个熟识的医生,一个军官,一个胖胖的、身穿大学生制服、姓基希的年轻人。

"你跟柯斯嘉一块儿走吧,"拉普捷夫对他妻子说,"我随后就来。"

尤丽雅点一下头,往前走去。波丽娜·尼古拉耶芙娜用眼睛跟踪她,周身发抖,神经质地缩起身子,她的目光里充满嫌恶、憎恨和痛苦。

拉普捷夫不敢到她家里去,预感到会有不愉快的

解释、刻薄的话语和眼泪,就提议到一家餐厅去喝茶。可是她说:

"不,不,到我家去。不准您对我提餐厅。"

她不喜欢上餐厅,因为她觉得那儿的空气让纸烟气味和男人的呼吸弄得有毒了。她对一切不认识的男人抱着奇怪的成见,认为他们都是好色之徒,随时都会调戏她。此外,餐厅里的音乐也闹得她头痛。

他们走出贵族俱乐部,雇了一辆马车到奥斯托任卡街上拉苏季娜所住的萨威洛甫斯基巷去。拉普捷夫一路上想着她。真的,他欠了她很多情。他是在他的朋友亚尔采夫家里跟她认识的,她教亚尔采夫音乐理论。她热烈地爱他,完全没有私心,跟他同居以后继续教课,照旧工作到精疲力竭。多亏她,他才开始理解和喜爱音乐,以前他对音乐几乎是不感兴趣的。

"我情愿拿出半个王国去换一杯茶!"她用低沉的声音说,拿暖手筒遮住嘴,免得着凉,"今天我教了五堂课,真见鬼! 那些学生都是笨蛋,都是木头人,差点把我气死。我不知道这种苦役到什么时候才会完结。我累坏了。等我积攒下三百卢布,我就丢开一切,到克里米亚去。我要躺在海滩上,张大嘴吸氧气。我多么喜欢海,啊,我多么喜欢海呀!"

"您哪儿也不会去,"拉普捷夫说,"第一,您一点钱也攒不下来;第二,您舍不得花钱。对不起,我要旧话重提:难道从那些因为没有事做而在您这儿学音乐的闲人们手里接过一个个小钱来,攒起三百卢布,就比在您的朋友们那儿借钱体面些?"

"我没有朋友!"她生气地说,"我请求您不要说蠢话。我属于工人阶级,工人阶级有一项特权,那就是意识到自己不会被收买,有权利不向无聊的商人借钱,有权利看不起他们。不,谁也休想收买我!我可不是什么尤列琪卡!"

拉普捷夫没有付车钱,知道这样做会惹得她滔滔不绝地发议论,那些话他以前已经听过许多次了。她自己付了车钱。

她在一个孤身女人家里租住一个带家具的小房间,搭伙食。她那架别克尔牌大钢琴目前放在尼基特斯基大街亚尔采夫家里,她每天到那儿去弹琴。她的房间里有一把蒙着布套的圈椅,有一张铺着夏季白被子的床,有些女房东家的花,墙上挂着几张彩色画片,没有一样东西能使人联想到这儿住着的是个女人,以前是高等女校的学生。这儿既没有梳妆台,也没有书,就连写字台也没有。看得出来,她一到家就上床睡觉,早晨起来以后立刻就走出家门。

厨娘端来一个茶炊。波丽娜·尼古拉耶芙娜动手沏茶,身子仍旧在发抖,因为屋里挺冷,她开始骂那些在《第九交响曲》里演唱的歌手们。她累得闭上眼睛。她喝下一杯茶,又喝一杯,再喝一杯。

"那么,您结婚了,"她说,"不过您不必担心,我不会垂头丧气,我能把您从我的心里赶出去。只有一件事使我烦恼和痛心:您也跟别人一样无聊,您在女人身上所需要的不是智慧,不是学识,而是肉体,美丽,青春。……青春!"她用鼻音说,仿佛在模仿什么人说话似的,然后笑起来,"青春!您要的是纯洁,纯洁,纯洁①!"她说着,哈哈大笑,把身子往椅背上一靠,"纯洁②!"

等到她笑完,她的眼睛里含着泪水。

"您至少是幸福的吧?"她问。

"不。"

"她爱您吗?"

"不。"

拉普捷夫心里激动,感到自己不幸,就站起来,开始在房间里走来走去。

"不,"他又说一遍,"波丽娜,要是您想知道的话,我十分不幸。有什么办法呢?蠢事已经做下,现在已经没法补救。对这件事只好听天由命了。她嫁给我不是出于爱情,很荒唐,也许另有打算,不过没有经过仔

---

①② 原文为德语。

细考虑,现在显然感到自己做错事,痛苦了。我看得出来。晚上我们睡在一起,可是白天她怕跟我单独待在一起,哪怕五分钟也不行,她总要找点消遣,找外人做伴。她跟我在一块儿觉得羞耻,觉得害怕。"

"不过她照样在您那儿拿钱吧?"

"这是蠢话,波丽娜!"拉普捷夫叫道,"她拿我的钱,是因为她拿不拿我的钱在她是完全无所谓的。她是正直的、纯洁的人。她嫁给我纯粹是因为她想脱离她的父亲,如此而已。"

"那么您相信如果您没有钱,她也会嫁给您?"拉苏季娜问。

"我对什么也没法保证,"拉普捷夫苦恼地说,"对什么也没法保证。我什么也不明白。看在上帝的分儿上,波丽娜,我们不谈这些吧。"

"您爱她吗?"

"爱得发疯。"

然后出现了沉默。她喝下第四杯茶,他呢,走来走去,心想他妻子现在大概在医生俱乐部里吃晚饭。

"可是难道自己都不知道为什么,就会爱上一个人?"拉苏季娜问,耸了耸肩膀,"不,在您身上起作用的是兽性的情欲!您陶醉了!您中了这个美丽的肉体的毒,中了这种纯洁的毒!躲开我,您肮脏!到她那儿去吧!"

她对他挥一下手,然后拿起他的帽子扔给他。他默默地穿上皮大衣,走出去,可是她追到前堂,一把抓住他胳臂上靠近肩膀的地方,号啕大哭起来。

"别哭了,波丽娜!不要再哭了!"他说,却怎么也掰不开她的手指头,"镇静点,我求求您!"

她闭上眼睛,脸色发白,她的长鼻子变成不好看的蜡黄色,像死人一般。拉普捷夫仍旧掰不开她的手指头。她昏过去了。他小心地抱住她,把她放在床上,在她身旁坐了十分钟光景,一直到她清醒过来。她的手冰凉,脉搏微弱而断断续续。

"您回家去吧,"她说,睁开眼睛,"您走吧,要不然我又要哭起来。我得管住我自己才成。"

他从她家里出来,没有到他那伙朋友在等他的医生俱乐部去,而是回家去了。一路上,他带着内疚问他自己:这个女人这样爱他,而且事实上已经是他的妻子和伴侣,为什么他没有跟她成立家庭呢?她才是唯一依恋他的人,况且让这个聪明、骄傲、工作辛劳的人得到幸福、庇护、安宁,岂不是一件有成效、值得做的事?他问自己:他配追求美和青春,追求不可能有的幸福吗?事实是,三个月来,仿佛为了惩罚他或者嘲弄他似的,他的心情一直阴暗抑郁。蜜月早已过去,他呢,说来可笑,还不知道他的妻子是个什么样的人。她常给她那些贵族女子中学的同学和她的父亲写长信,往往有五页之多,总找得出话来写,可是跟他谈起话来却只谈天气,只谈现在该吃午饭或者晚饭。她临睡前祷告很久,然后吻她的十字架和神像,他呢,瞧着她,怀恨地思忖:"瞧,她在祷告,可是她祈求什么呢?祈求什么呢?"他心里暗自侮辱她，侮辱自己，说他跟她一块儿睡觉，把她搂在怀里，只是取得他用钱买来的东西罢了，不过这想法未免可怕。如果她是个粗壮、大胆、放荡的女人，倒也罢了，可是这儿偏偏只有青春、信教、温和、天真纯洁的眼睛。……当初她做他的未婚妻的时候，她信教的虔诚使他感动，可是现在，她的见解和信念的墨守成规，依他看来，却成了屏障，使人看不见这道屏障背后的真相了。在他的家庭生活里，样样事情都使他难受。他妻子跟他并排坐在剧院里的时候，他常常看到她独自叹息或者由衷地大笑，却不愿意跟他共享她的欢乐，就不由得伤心。值得注意的是她已经跟他所有的朋友相处得很好，他们已经知道她是个什么样的人，唯独他什么也不知道，这使他郁郁不乐，默默地嫉妒。

拉普捷夫回到家里，换上家常长袍，穿上拖鞋，在他的书房里坐下来看小说。他妻子不在家。可是过了半个钟头光景，前厅响起门铃声，传来彼得跑去开门的低沉的脚步声。来人正是尤丽雅。她穿着皮大衣走进书房,脸上冻得通红。

"普烈斯尼雅街上起了大火,"她说,喘吁吁的,"好大的火啊。我想跟康斯坦丁·伊凡内奇一块儿去看看。"

"好,去吧!"

她那健康娇嫩的模样和她眼睛里孩子气的恐惧神情使拉普捷夫的心得到了宽慰。他又看了半个钟头的书,就上床睡觉。

第二天波丽娜·尼古拉耶芙娜派人到仓库里来,把两本以前从他那儿借去的书、他所有的信、他的照片统统送还他,随着那些东西还附来一封信,信上只有两个字:"完了!"

八

十月末,尼娜·费多罗芙娜已经有旧病复发的明显征象。她很快地瘦下去,脸色变了。尽管十分痛苦,她却以为自己在复原,每天早晨都穿好衣服,像健康人一样,然后一整天和衣躺在床上。临终之前,她变得很爱说话。她平躺在床上,轻声讲着什么,气力不济,不住地喘气。她是在下述情况下忽然去世的。

那是个月色清朗的夜晚,人们坐着雪橇在街上新下的雪上奔驰,嘈杂的声音从街上传到房间里来。尼娜·费多罗芙娜平躺在床上,萨霞坐在床旁边打盹,现在已经没有人来跟她换班了。

"他的父名我记不得了,"尼娜·费多罗芙娜轻声说,"他名叫伊凡,姓柯切沃依,是个穷文官。他,祝他升天堂,是个爱酒如命的家伙。他常到我们家来,我们每个月给他一磅糖,八分之一磅茶叶。嗯,当然,有时候也给他钱。是啊。……后来出了这样一件事:我们的柯切沃依大喝一通,死了,让白酒烧死了。他身后留下一个小儿子,是七岁左右的男孩。可怜的小孤儿啊。……我们把他收留下来,藏在伙计们那儿,他就照这样整整生活了一年,我爸爸不知道。后来我爸爸看见他了,却光是挥一下手,什么话也没说。等到柯斯嘉这个孤儿长到九岁,那时候我已经是个待嫁的姑娘了。我带着他走遍各个学校。我从这儿走到那儿,到处都不肯收他。他哭了。……我说:'小傻瓜,你哭什么呀?'我带他到拉兹古里亚依街的第二中学去,感谢上帝保佑,人家总算收他了。……从此这个乖孩子每天都从皮亚特尼茨基街走到拉兹古里亚依街,再从拉兹古里亚依街走回皮亚特尼茨基街。……阿辽沙给他付学费。……托上帝的福,这孩子总算用功读书,肯动脑筋,书念得挺好。……如今他在莫斯科做了律师,很有学问,成了阿辽沙的朋友了。是啊,我们当初没有看轻人,把他收留在家里,现在恐怕他在为我们祷告上帝吧。……是啊。……"

尼娜·费多罗芙娜说话声越来越轻,中间常有长久的停顿,后来她沉默一会儿,忽然坐起来了。

"我不好过……好像不对头,"她说,"求主怜恤。

哎哟,我透不出气来了!"

萨霞知道母亲一定不久就会死掉,现在看见她母亲的脸忽然瘦下去,她猜想结局到了,就惊慌起来。

"妈妈,不要这样!"她说,号啕大哭起来,"不要这样!"

"快跑到厨房去,叫他们去找你父亲来。我很不好过。"

萨霞叫唤着,跑遍所有的房间,可是整个房子里连一个仆人也没有,只有丽达睡在饭厅里一口箱子上,没脱衣服,脑袋底下也没垫枕头。萨霞没添衣服,没穿套鞋,就跑到院子里,后来又跑到街上。大门外一条长凳上坐着她的奶妈,在看溜冰。从河边的溜冰场上传来军乐声。

"奶妈,我妈要死了!"萨霞大哭着说,"得去找爸爸来!……"

奶妈就走上楼,到卧室里去看病人,把一根点亮的蜡烛塞在她手里。萨霞害怕地奔忙着,央求人去找她爸爸,她自己也不知道该央求谁才好,后来她穿上大衣,戴上头巾,跑出去,来到街上。她从仆人那儿知道她父亲还有一个妻子和两个女儿,他跟她们住在巴扎尔纳亚街。她出了大门往左边跑去,一路哭泣着,见了陌生人就害怕,两只脚很快就陷在雪地里,身子冻僵了。

她碰见一辆空的出租雪橇,然而没有雇这辆车,她怕万一人家会把她拉出城去,抢劫她,把她扔在墓园里(她喝茶的时候听仆人们谈起过,确实有这样的事)。她就一直往前走,走啊走的,累得直喘气,一面号啕大哭。她来到巴扎尔纳亚街,打听巴纳乌罗夫先生住在这条街上哪所房子里。有一个不认识的女人花了很长时间指点她,看见她一点也没听明白,就拉着她的手往一所门口有台阶的平房走去。大门开着。萨霞跑过前堂,穿过一个过道,终于走到一个明亮温暖的房间里,她父亲同一个女人和两个小姑娘在屋里围着一个茶炊坐着。可是她已经一句话也说不出,只有痛哭的份儿了。巴纳乌罗夫明白了。

"大概妈妈不好了吧?"他问,"你说啊,姑娘:妈妈不好吗?"

他心慌意乱,吩咐人去雇马车。

他们回到家里,尼娜·费多罗芙娜正坐在床上,四周围着枕头,手里拿着蜡烛。她脸色发青,眼睛已经闭上。卧室里和房门口聚集着奶妈、厨娘、使女、一个姓普罗柯菲依的农民和一些不认识的普通人。奶妈正在小声吩咐什么话,人家却听不明白。房间深处,窗子跟前,站着丽达,脸色苍白,睡眼惺忪,在那儿严肃地瞧着她的母亲。

巴纳乌罗夫从尼娜·费多罗芙娜手里拿过那支蜡烛,嫌恶地皱起眉头,把它往五斗橱上一扔。

"这真可怕!"他说,他的肩膀颤了一下,"尼娜,你得躺下,"他亲切地说,"躺下吧,亲爱的。"

她看他一眼,没有认出他来。……他们扶着她平躺下去。

等到神甫和医生谢尔盖·包利绥奇来到,仆人们就十分虔诚地在胸前画十字,为她祷告。

"她真是不幸!"医生走进客厅,深思地说,"她还年轻,还没满四十岁呢。"

可以听见小姑娘们的号啕大哭声。巴纳乌罗夫脸色苍白,眼睛湿润,他走到医生跟前,用微弱疲惫的声音说:

"我亲爱的,求您帮忙,给莫斯科打一个电报吧。我简直没有一点力气了。"

医生拿过墨水瓶来,给他女儿写了这样的一封电报:"巴纳乌罗娃今晚八时去世。希转告你丈夫:贵族街上有一所原已抵押的房子出售,须付九千。十二日拍卖。良机切勿错过。"

九

拉普捷夫住在离老皮缅街不远的小德米特罗夫卡

街的一条巷子里。除了临街那所大房子以外,他还租下院子里一所两层楼的侧屋,供他的朋友,律师的助手柯切沃依居住,拉普捷夫一家人都简单地把他叫作柯斯嘉,因为他们是眼看着他长大的。这所侧屋对面还有另一所侧屋,也是两层楼,其中住着一家法国人,包括夫妇俩和五个女儿。

天气冷到零下二十度。窗子上蒙着白霜。柯斯嘉早晨醒过来,带着忧虑的神色喝下十五滴不知什么药水,然后从书橱里取出两个哑铃,开始锻炼。他身量高,很瘦,留着两撇浓密的棕红色唇髭,然而他的外貌最引人注目的地方是他那两条长得出奇的腿。

彼得,一个中年的农民,穿一件上衣和一条花布裤子,裤腿掖在长筒靴里,端来一个茶炊,动手烧茶。

"今天天气很好,康斯坦丁·伊凡内奇。"他说。

"是啊,天气挺好,不过,瞧,老兄,可惜我和你生活得可并不怎么好啊。"

彼得出于礼貌叹一口气。

三　年　集

"两个小姑娘怎么样了?"柯切沃依问。

"神甫没有来,阿历克塞·费多雷奇亲自在给她们教课呢。"

柯斯嘉在窗子上找到一小块没有白霜的地方,拿起一个看戏用的望远镜,朝着法国人住房的窗子望去。

"看不见。"他说。

这时候阿历克塞·费多雷奇在楼下给萨霞和丽达讲宗教课。她们搬到莫斯科来已经有一个半月,跟她们的女家庭教师一起住在侧屋的楼下,本城学校里一个教师和一个神甫每星期来给她们教三次课。萨霞在读《新约》,丽达不久以前刚开始读《旧约》。上一次神甫指定丽达复习到亚伯拉罕那段故事为止。

"那么,亚当和夏娃有两个儿子,"拉普捷夫说,"好。可是他们叫什么名字?你想想看!"

丽达仍然脸色严肃,没有说话,眼睛瞧着桌子,光是努动嘴唇。年长的萨霞瞧着她的脸,很难过。

"你知道得很清楚,只是不要心慌,"拉普捷夫说,

"嗯,那么亚当的儿子叫什么名字呢?"

"亚伯和卡维尔。"丽达小声说。

"该隐和亚伯。"拉普捷夫纠正道。

丽达的脸上流下一大颗眼泪,滴在书本上。萨霞也低下眼睛,涨红脸,快要哭出来了。由于怜悯,拉普捷夫说不出一句话来,泪水堵住他的喉咙。他从桌旁站起来,点上一支纸烟。这时候柯斯嘉从楼上下来,手里拿着报纸。姑娘们站起来,眼睛没看他,行了屈膝礼。

"看在上帝的分儿上,柯斯嘉,您给他们温课吧,"拉普捷夫对他说,"我担心我自己也要哭出来了,午饭以前我还得到仓库去呢。"

"好吧。"

阿历克塞·费多雷奇走了。柯斯嘉带着很严肃的脸色,皱起眉头,在桌边坐下,把《圣经》拉到自己面前来。

"怎么样?"他问,"你们学到哪儿了?"

三 年 集

"她学到大洪水了。"萨霞说。

"大洪水？好吧，咱们就来研究大洪水。讲一讲大洪水吧。"柯斯嘉浏览了一下书上关于大洪水的简短描写，说，"我得对你们指出，像这儿所描写的那样的大洪水，实际上根本没有过。压根儿就没有挪亚这么一个人。在基督出世的几千年以前，地球上确实有过一场异乎寻常的大水，关于这一点，不但在希伯来人的《圣经》上提到，其他古代民族的书籍上也提到过，例如希腊人啦，迦勒底人啦，印度人啦。然而不管洪水有多大，它也绝不能淹没整个地球。嗯，平原会成为一片汪洋，不过高山多半不会淹没。这本书你们管自去念，可是不要太相信它。"

丽达又流下了眼泪。她掉过头去，忽然放声痛哭，弄得柯斯嘉吃一惊，从座位上站起来，十分窘迫。

"我想回家去，"她说，"我要去找爸爸和奶奶。"

萨霞也哭起来。柯斯嘉走上楼去，回到自己的房间，打电话给尤丽雅·谢尔盖耶芙娜说：

"亲爱的,那两个小姑娘又哭了。一点办法也没有。"

尤丽雅·谢尔盖耶芙娜就从大房子里跑出来,只穿一件连衣裙,戴一块毛线织的头巾,冻得浑身发冷,来到这儿,开始安慰两个小姑娘。

"相信我的话,相信我,"她用恳求的声调说,时而把这个小姑娘搂在怀里,时而把那个小姑娘搂在怀里,"你们的爸爸今天来,他打电报来了。你们怜惜妈妈,我也怜惜,我的心都要碎了,可是有什么办法呢?要知道人总拗不过上帝的旨意!"

等到她们止住哭,她就给她们穿上外衣,带她们乘车出去玩。她们先走过小德米特罗夫卡,后来经过斯特拉斯特纳依,到特威尔斯卡亚。他们在伊威尔斯柯依教堂旁边停下,走进教堂,各人在神像前点上一支蜡烛,跪下祷告。在回来的路上,她们顺便到菲里波夫商店去,买了些斋期吃的带罂粟籽的小面包圈。

拉普捷夫一家人下午两点多钟吃午饭。彼得端上饭菜。这个彼得白天时而跑到邮政总局去,时而跑到仓库去,时而为柯斯嘉跑到地方法院去,还得在家里做仆人的活儿,傍晚他卷纸烟,夜里得跑着去开门,早晨四点多钟就起身生炉子,谁也不知道他什么时候睡觉。他十分喜欢开矿泉水瓶,干起这个活儿来很便当,一点响声也没有,而且一滴矿泉水也不会洒出来。

"求上帝保佑!"柯斯嘉在喝菜汤以前喝下一杯白酒,说。

起初尤丽雅·谢尔盖耶芙娜不喜欢柯斯嘉。他那男低音,他爱用的那些词儿(例如"撵出去""给脸上一拳""下流坯""端上茶炊来"等),他喜欢跟人碰杯的习惯,他喝酒的当儿唠唠叨叨,依她看来都很庸俗。可是她跟他接近以后,却渐渐觉得有他在场就很轻松。他对她很坦率,到了傍晚喜欢跟她低声谈话,甚至把他自己写的长篇小说拿给她看,到现在为止这些作品就是对拉普捷夫和亚尔采夫这样的朋友来说也是秘密。她读这些小说,为了不让他伤心就加以赞扬,他听了很高兴,因为他希望自己迟早会成为一个著名的作家。他在这些小说里专门描写农村和地主的庄园,其实他很少见到农村,只有到朋友们的别墅去才下乡。至于地主的庄园,他生平也只见过一次,那是在他为了办理诉讼业务到沃洛科拉姆斯克去的时候。他避免写恋爱的情节,仿佛害臊似的。他常描写风景,在这种场合喜欢使用那样的一些语句,诸如山峦的奇妙的轮廓,云彩的各种离奇的形状,或者神秘的旋律的和音等。……他的小说从来也没有在报刊上发表过,他把这解释成书报检查条件的限制。

他喜欢律师的工作,不过他还是认为他的主要事业不是律师业务而是创作这类长篇小说。他认为他有细腻的艺术家素质,艺术始终吸引着他。他自己不唱歌,也不玩什么乐器,完全缺乏对音乐的欣赏力,可是却参加一切交响乐音乐会和演奏会,举办慈善性质的音乐会,跟歌唱家们来往。……

吃午饭的时候大家谈起天来。

三　年　集

"真是怪事,"拉普捷夫说,"我那个哥哥费多尔又弄得我莫名其妙!他说必须查明我们的商行什么时候才满一百周年,为的是设法求得贵族的身份,而且他是用极其认真的口气说这种话的。他究竟是怎么回事?老实说,我开始有些担心了。"

于是他们就谈论费多尔,说如今装腔作势已经成了时髦。比如,费多尔虽然已经不是商人,可是极力装得像是普通的商人;每逢由老拉普捷夫做校董的那所学校里的一位教师到他这儿来领薪金,他甚至改变嗓音和步态,像上司那样对待那位教师。

吃过午饭以后,大家无事可做,都到书房去了。他们谈起颓废派,谈起《奥尔良的姑娘》①,柯斯嘉念了一大段独白,认为他学叶尔莫洛娃②学得很像。后来他们坐下来玩文特。两个小姑娘没有回到侧屋里去,两

---

① 德国作家席勒(1759—1805)在1801年所写的一个悲剧。
② 玛丽雅·尼古拉耶芙娜·叶尔莫洛娃(1853—1928),俄国女演员。

个人坐在一张圈椅上,脸色苍白,神情哀伤,听着街上的闹声:莫非是父亲来了?每到傍晚,天色黑下来,蜡烛点亮,她们总是感到苦恼。牌桌上的谈话声、彼得的脚步声、壁炉里的爆裂声,都刺激她们,她们不愿意看着火。每到傍晚,她们虽然不想哭,可是觉得害怕,心里感到压抑。她们不懂:她们的母亲死了,大家怎么能够谈笑风生呢?

"您今天从望远镜里看见了什么?"尤丽雅·谢尔盖耶芙娜问柯斯嘉。

"今天什么也没看见,昨天那个法国老头洗澡来着。"

七点钟尤丽雅·谢尔盖耶芙娜和柯斯嘉动身到小剧院去了。拉普捷夫和两个小姑娘留在家里。

"现在你们的爸爸该到了,"他看一下钟说,"多半火车误点了。"

两个小姑娘坐在圈椅上,一句话也不说,互相偎紧,像是两头怕冷的小野兽,他呢,不住地在房间里走来走去,心焦地看钟。房子里挺安静。不过,将近九点钟,有人来拉门铃。彼得走去开门。

小姑娘听见熟悉的说话声,就大叫一声,哭起来,往前厅跑去。巴纳乌罗夫穿一件里外都是毛皮的讲究的皮袄,胡子和唇髭上结着霜,白花花的。

"等一等,等一等。"他嘟哝着说,萨霞和丽达又哭又笑,吻他的冰冷的手、帽子、皮大衣。这个相貌漂亮、神情慵懒、被爱情宠坏的人,不慌不忙地爱抚两个小姑娘,然后走进书房,搓着手说:

"我在你们这儿不能多耽搁,我的朋友们。明天我要到彼得堡去。他们答应把我调到另一个城里去了。"

他在德累斯顿旅馆下榻。

十

伊凡·加甫利雷奇·亚尔采夫常常到拉普捷夫家

来串门。他是个健康强壮的男子,头发乌黑,脸容聪明而招人喜欢。大家都认为他漂亮,可是近来他发胖了,这就损坏了他的脸相和身材,再加上他把头发剪得很短,几乎成了光头,这也弄得他难看了。从前在大学里,由于他身材好,力气大,同学们都叫他"打手"。

他跟拉普捷夫两兄弟一块儿从大学的语文系毕业,后来他又学自然科学,得了化学硕士。他不想在大学讲课,甚至没到哪个实验室去指导实验工作,却在一个实科中学和两个女子中学教物理和博物学。他喜爱他的学生,特别是那些女学生,常说了不起的一代人目前正在成长起来。他在家里除了研究化学以外,还研究社会学和俄国历史,有时候在报纸和刊物上发表短文章,简单地署名"亚"。每逢他讲到植物学或者动物学方面的什么问题,他总像是历史学家,可是每逢他解答什么历史问题,他却又像是自然科学家了。

外号叫"永久的大学生"的基希也是拉普捷夫家的常客。他在医学系读了三年,然后转到数学系,每一

三　年　集

学年都读两年。他的父亲是外省一个药房的老板,每月给他寄来四十卢布,他母亲瞒着他父亲私下里又添上十卢布,这笔钱足够他维持生活了,甚至足以使他置办一些奢华的东西,例如波兰海狸皮领的大衣、手套、香水、照相(他常常照相,把自己的照片分送给熟人)。他浑身干净,略微有点秃顶,耳朵旁边留着金黄色的连鬓胡子,为人谦和,老是带着愿意为别人效劳的神情。他总是为别人的事情忙碌,时而拿着捐款签名单奔走不停,时而一清早在剧院售票处旁边挨冻,为的是替他熟识的女士买戏票,时而受人委托去定购花圈或者花束。大家一谈到他就说:基希会去的,基希会办的,基希会买的。别人委托的事他大多办得不好。人们纷纷责备他,常常忘记付给他买东西的钱,然而他总是一句话也不说,遇到难堪的情况也只是叹口气就算了。他从来也没有特别高兴过,也没有特别伤心过。他讲起一件事来总是又长又乏味,他的俏皮话每一次都只是因为不可笑才惹得人发笑。比如,有一次他有意开玩笑,就对彼得说:"彼得,你可不是鲟鱼。"①这话惹得大家哄堂大笑,他自己也笑了很久,而且很满意,认为这个俏皮话说得很成功。每逢有个什么教授出殡,他总是跟拿火把的人一块儿走在前头。

亚尔采夫和基希傍晚照例来喝茶。如果主人不到剧院或者音乐会去,那么傍晚的喝茶就一直延长到吃晚饭为止。二月里的一天傍晚,客厅里进行着这样一场谈话:

"艺术作品只有在思想内容方面包含某种严肃的社会问题的时候才是重要而且有益的,"柯斯嘉生气地瞧着亚尔采夫,说,"如果作品抗议农奴制度,或者作家反对上流社会以及它的庸俗,这样的作品就是重要而且有益的。至于有些长篇小说和中篇小说,内容尽是些哎呀和哦哟,她怎样爱他而他怎样不再爱她,我说,这样的作品就毫无意义。叫它们见鬼去吧。"

---

① 在俄语中,"彼得"和"鲟鱼"两词的末尾发音相同。

"我同意您的看法,康斯坦丁·伊凡内奇,"尤丽雅·谢尔盖耶芙娜说,"有的描写幽会,有的描写负情,有的描写分离后的重逢。难道就没有别的题材可写了?要知道,有很多害病的、不幸的、穷愁潦倒的人,他们读起这些作品来一定会厌恶。"

拉普捷夫心里不痛快,因为他妻子这样一个年轻的女人,还没满二十二岁,就这样严肃而冷酷地谈论爱情。他猜得出这是什么缘故。

"如果诗歌没有解决依您看来很重要的问题,"亚尔采夫说,"那您就该去找技术方面的、警察法方面的、财政法方面的著作,就该去读学术论文。比方说,为什么要在《罗密欧与朱丽叶》里不谈爱情而大谈教学自由或者监狱消毒问题,关于那些问题,您在专门论文和教材中都可以找到!"

"老兄,这可是走极端了!"柯斯嘉插嘴说,"我们谈的不是像莎士比亚或者歌德那样的巨人。我们谈的是成百的有才能的普通作家,他们要是丢开爱情而致力于向群众传播知识和人道思想,那就会带来大得多的益处。"

基希吐字不清,带点鼻音,讲起他不久以前读过的一篇小说的内容。他讲得很详细,不慌不忙。过了三分钟,然后五分钟,十分钟,他却还在讲下去,谁也闹不清他在讲什么。他的脸变得越来越淡漠;他的眼睛暗淡无光。

"基希,您讲得快一点吧,"尤丽雅·谢尔盖耶芙娜忍不住说,"照这样子可真磨死人了!"

"住嘴,基希!"柯斯嘉对他大叫一声。

大家笑起来,连基希自己也笑了。

费多尔来了。他脸上泛起红晕,匆匆跟大家打个招呼,就领着他弟弟走到书房去了。近来他总是躲开人多的聚会,只愿意找一个人做伴。

"让那些青年人去说说笑笑吧,我和你在这儿好好谈谈心,"他说,在一把离灯远一点的深圈椅上坐下,"老弟,我们有许久没见面了。你多少时候没有到仓库去了？大概有一个星期吧。"

"是的。我在你们那儿没有什么事情可做。而且，说实话，老人也惹得我不痛快。"

"当然，仓库里缺了我和你也没关系，不过人总得有工作才行。俗语说得好：人得脸上流着汗水吃自己的面包。上帝是喜爱劳动的。"

彼得端着一个托盘，送来一杯茶。费多尔没有加糖就喝下茶，又要了一杯。他喝很多茶，一个傍晚能够喝下十来杯。

"你要知道，弟弟，"他说，站起来，走到弟弟跟前，"你可别耍聪明啦，你得设法当选，做一名地方自治会的议员，我们呢，慢慢地，一步一步地把你弄进市参议会，然后做副市长。往后就是步步高升，你是个聪明而受过教育的人，人家就会注意你，请你到彼得堡去。如今，地方自治会和市参议会的活动家在那儿成了时髦的人物了。弟弟，瞧着吧，你还不到五十岁就会做上三等文官，肩上挂着绶带了。"

拉普捷夫什么话也没回答。他明白所有这些东西,什么三等文官啦,绶带啦,正是费多尔自己所想望的。他不知道该怎么回答才好。

两兄弟坐在那儿,沉默了。费多尔打开表盖,带着紧张的注意力瞧了很久很久,仿佛想看出时针的移动似的。拉普捷夫觉得他脸上的神情有些古怪。

仆人来叫他们吃晚饭。拉普捷夫就走到饭厅去,可是费多尔还是待在书房里。争论已经过去,亚尔采夫正在用教授讲课的口气说:

"由于气候、精力、趣味、年龄等的差别,人们之间的平等,从生理上说,是不可能的。然而文化水平高的人能够使得这种不平等变得无害,如同他们已经使得沼泽地带和熊变得无害一样。有一位学者做到这样一件事:他养的一只猫、一只老鼠、一只青鹰、一只麻雀,凑着同一个碟子吃东西,必须相信教育也会使人变成这样。生活不断地前进,我们亲眼看见文化做出了巨大的成绩。显然,总有一天,比方说,工厂工人们的现状会使人觉得如此荒谬绝伦,就像在农奴制度下拿一个姑娘换一条狗这样的事如今依我们看来是荒谬绝伦一样。"

"这是不会很快就发生的,不会很快,"柯斯嘉说,冷冷地一笑,"等到洛希尔认为他建造装满黄金的地下室是荒谬之举,那种时候是不会很快就来到的;而在这以前,工人也许已经劳累得弯腰屈背,饿得浮肿了。哼,不行啊,老兄。不是需要坐等,而是需要斗争。要是猫和老鼠凑着一个碟子吃东西,您以为猫是出于自觉吗?哪有这种事!它是给外力逼着这样做的!"

"我和费多尔都很有钱,我们的父亲是资本家,百万富翁,那就得跟我们斗争!"拉普捷夫说,用手心擦着额头,"跟我斗争,这我简直想不通!我有钱,可是到现在为止,钱给了我什么呢?这种力量给了我什么呢?我在哪方面比你们幸福?我的童年是苦役般的童年,钱并没有使我免于挨打。尼娜害病,死掉了,我的钱也没有能够帮上她的忙。如果别人不爱我,那我哪怕拿出一万万去,也不能使得人家爱我。"

"可是您能做很多好事。"基希说。

"什么好事!昨天您托我给一个学数学的人找工作。请您相信我,我跟您一样帮不上他的忙。我能给钱,可是要知道,这不是他所需要的。有一次我请求一位著名的音乐家给一个穷提琴师找个工作,他这样回答:'您不求别人而求我,就因为您不是音乐家。'我也要这样回答您:您那么有把握地来找我帮忙,也是因为您至今一次也没处在有钱人的地位。"

"何必拿著名的音乐家来作比喻呢,我不懂!"尤丽雅·谢尔盖耶芙娜说,脸红了,"这跟著名的音乐家有什么相干!"

她的脸由于憎恨而颤抖,她低下眼睛,为的是掩盖这种感情。她脸上的那种表情不只是她丈夫一个人明白,凡是在座的人也都明白。

"这跟著名的音乐家有什么相干!"她小声又说一遍,"再也没有比帮助穷人更容易的事了。"

接着是沉默。彼得端上松鸡来,可是谁也没吃,大家光吃了点生菜。拉普捷夫已经记不得自己说了些什么话,不过他明白惹人憎恨的并不是他的话,而是他打搅了这场谈话罢了。

吃过晚饭以后,他走到他的书房里去。他紧张地听着大厅里的动静,心里怦怦地直跳,等着还会有什么新的屈辱。那边,争论又开始了。后来亚尔采夫在钢琴旁边坐下来,唱了一首富于感情的抒情歌曲。他是个多才多艺的人,又能唱,又能弹,甚至还会变戏法。

"诸位先生,你们爱怎么样就怎么样,可是我不愿意待在家里了,"尤丽雅说,"得坐车到什么地方去一趟才好。"

他们决定到城外去,就打发基希到商人俱乐部去叫一辆三套马的雪橇。他们没有约拉普捷夫一块儿去,因为他通常不到城外去,还因为这时候他哥哥坐在他那儿;然而他把这理解作他们觉得跟他待在一块儿没味儿,在这一群快活的年轻人当中他完全成了多余的人。他是那么气恼和痛心,竟至差点儿哭出来。他想到他们对他这样不客气,这样轻慢他,他成了愚蠢乏味的丈夫和钱袋,他反而感到高兴;要是他的妻子就在这天夜里对他负心,跟他最好的朋友私通,然后直认不讳,用憎恨的目光瞧着他,那他倒会越发高兴。……由于她,他暗自嫉妒那些熟识的大学生、演员、歌唱家、亚尔采夫,甚至嫉妒路上遇到的行人。现在他一心巴望她真的对他不忠实,巴望他会撞见她跟别人在一起,然后他就服毒自尽,从此永远摆脱这场噩梦。费多尔在喝茶,咕嘟咕嘟地喝下去。可是后来他也要走了。

"我们的老人大概害了视神经萎缩引起的失明症,"他一面穿皮大衣,一面说,"他的眼睛不大看得清东西了。"

拉普捷夫也穿上皮大衣,走出去。他把哥哥送到斯特拉斯特纳依,然后独自雇一辆车到亚尔饭店去。

"这就叫家庭幸福!"他嘲笑他自己,"这就是爱情!"

三　年　集

　　他的牙齿直打战,他不知道这是嫉妒还是别的。在亚尔饭店,他走过那些餐桌,听大厅里一个讽刺歌手的演唱。万一他遇见家里那伙人,他却连一句话也没准备好。他事先断定,他遇见他妻子,就只会可怜而笨拙地笑一笑,大家就会明白是什么感情驱使他到这儿来的。电灯的光,响亮的音乐声,扑粉的香气,再加上那些迎面走来的太太瞧着他,使得他感到恶心。他站在雅座的门口,极力想看一看和听一听里边发生的事,觉得自己正在跟那些演唱者和那些太太们一同扮演下流而可鄙的角色。随后他坐车上斯特烈尔纳饭店去,可是在那儿也没碰见他家里的人。一直到他在回去的路上,又经过亚尔饭店,才有一辆三套马车发出很大的响声赶到他前头去,喝醉的车夫在叫喊,还可以听见亚尔采夫的笑声:"哈—哈—哈!"

　　拉普捷夫三点多钟回到家。尤丽雅·谢尔盖耶芙娜已经上床了。他看见她没睡,就走到她跟前,生硬地说:

"我了解您的厌恶,您的憎恨,可是您当着外人的面应该给我留点面子,掩饰您的感情才是。"

她坐在床沿上,耷拉着两条腿。在灯光下,她的眼睛显得又大又黑。

"请您原谅。"她说。

他激动得周身发抖,再也说不出一句话来,就站在她面前,沉默了。她也发抖,坐在那儿,样子像个等着发落的罪人。

"我多么痛苦啊!"他终于说,抱住头,"我好比下了地狱,我都要发疯了!"

"难道我就轻松?"她问,声音发颤,"只有上帝才知道我的心境怎么样。"

"你做我的妻子已经有半年了,然而你的心里就连一点点爱情也没有,任何希望也没有,一线光明也没有! 你为什么嫁给我呢?"拉普捷夫绝望地说下去,"为什么? 是什么魔鬼把你推进我的怀抱? 你指望的是什么? 你需要的是什么?"

她畏惧地瞧着他,仿佛害怕他要杀死她似的。

"我中你的意吗?你爱我吗?"他继续喘吁吁地说,"不!那么是什么缘故?什么缘故?你说啊:是什么缘故?"他叫道,"哎,该死的钱!该死的钱!"

"我当着上帝发誓,不对!"她叫起来,在胸前画十字。听到那句侮辱的话,她缩起整个身子,他头一次听见她哭。"我当着上帝发誓,不对!"她又说一遍,"我没想到过钱,我不需要钱。当时我只是认为,如果我拒绝你,我就做错了。我生怕破坏你的生活和我的生活。现在我为自己的错误痛苦,痛苦得受不了!"

她伤心地哭起来,他明白她多么难过,不知道该说什么好,就在她面前的地毯上跪下。

"别哭了,别哭了,"他喃喃地说,"我侮辱你,是因为我发疯般地爱你,"他说着,忽然吻她的脚,热烈地把它抱住,"哪怕有一点点爱情也好啊!"他喃喃地说,"哎,对我说句谎话吧!说句谎话!不要说这是错误!……"

可是她仍旧哭,他感到她在隐忍他的爱抚,只把这种爱抚看作她的错误的不可避免的后果。她把他吻过的那只脚缩到身子底下,像鸟儿似的。他开始怜惜她了。

她躺下去,用被子蒙上头。他脱掉衣服,也躺下去。到早晨,他们两人都觉得发窘,不知道该说什么好。他甚至觉得,他吻过的她那只脚走路都不稳了。

午饭以前巴纳乌罗夫来辞行。尤丽雅一心想回家去,到故乡去。她心想,离开这儿,躲开家庭生活,摆脱这种困窘和老是觉得自己做错事的想法,去休息一下,也是好的。吃午饭的时候,事情决定了:她跟巴纳乌罗夫一块儿走,到她父亲那儿待上两三个星期,直到住得腻味了为止。

十一

她和巴纳乌罗夫在火车上包了一个单间,他头上戴一顶形状古怪的羊羔皮帽子。

"是啊,彼得堡没有满足我的要求,"他叹着气,慢条斯理地说,"他们对我许了不少的愿,可是一点明确的东西也没有。是啊,我亲爱的。我做过调解法官、调解法官会审法庭的常任官和审判长,最后做到省政府的顾问官,我觉得我为祖国效过力,有权利受到照顾,可是您瞧,我想调到别的城里去却怎么也达不到目的。……"

巴纳乌罗夫闭上眼睛,摇头。

"他们不赏识我,"他接着说,仿佛快要睡着了,"当然,我不是个天才的行政长官,不过我是个正派、诚实的人,在如今这个年月连这种人也是少见的。说来歉然,有时候我对女人不够忠实,可是就我对俄国政府的态度来说,我素来是很正派的。不过,这些事不提也罢,"他说,睁开眼睛,"我们来谈谈您吧。您怎么会忽然想起要到您爸爸那儿去呢?"

"没什么,我跟我的丈夫有点不和睦。"尤丽雅说,瞧着他的帽子。

"是啊,他是有点古怪。拉普捷夫一家人都古怪。您的丈夫倒还没什么,还可以,可是他哥哥费多尔却是个十足的蠢货。"

巴纳乌罗夫叹一口气,认真地问道:

"那您已经有情人了吧?"

尤丽雅惊讶地瞧着他,笑了笑。

"上帝才知道您在说什么。"

十点多钟,在一个大站上,他们两人下车去吃晚饭。等到火车再往前开,巴纳乌罗夫就脱掉大衣和帽子,跟尤丽雅并排坐下来。

"应当对您说,您很可爱,"他开口了,"请您原谅我用粗野的比喻,您使我联想到那种刚腌过的嫩黄瓜。它,可以说,还有温室的气味,可是已经含了一点盐分,有点茴香的气味了。您正渐渐地出落成一个漂亮的女人,一个娇美优雅的女人。要是我们这次旅行发生在五年以前,"他说,叹口气,"那我就会认为我有愉快的义务加入崇拜您的男子的行列,可是现在呢,唉,我是个残废人了。"

他忧郁地、同时又宽厚地微微一笑,搂住她的腰。

"您疯了!"她说,涨红了脸,十分害怕,手脚都凉了,"松手,格利果利·尼古拉伊奇!"

"您怕什么,宝贝儿?"他温柔地问道,"这有什么可怕的?您只是对这种事没有习惯罢了。"

如果女人抗拒,那么在他看来,这总是意味着他给她留下了印象,中了她的意。他搂住尤丽雅的腰,使劲吻一下她的脸,然后吻她的嘴,充分相信这给了她很大的乐趣。尤丽雅压下恐惧和困窘,定住神,笑起来。他又吻她一次,然后戴上他那顶滑稽的帽子,说:

"这个残废人所能给您的,只限于此了。有一个土耳其的巴夏①,是个心地好的老头子,收到某人送给他的或者由他继承下来的一大群妻妾。他那些年轻美

---

① 土耳其高级军事和行政长官的称号。

丽的妻子排成一长列站在他面前,他就在她们面前走过去,依次吻每一个人,同时说:'现在我能够给你们的,只限于此了。'我也要这样说。"

所有这些,依她看来,都显得荒唐而出奇,引起她的兴致来了。她想胡闹一下。她就哼着歌,站到长沙发上去,从行李架上取出一盒糖果,扔给他一块巧克力糖,叫道:

"接住!"

他就接住。她发出响亮的笑声,又扔给他一块,然后再扔一块,他都接住,放进嘴里,用恳求的眼光瞧着她。她觉得他的脸,他的五官,他的神情,流露出很多女人气和孩子气。她喘吁吁地在长沙发上坐下,仍旧笑着瞧他,他就伸出两个手指头碰一碰她的脸,仿佛气恼地说:

"坏丫头!"

"拿过去,"她把那盒糖递给他,说,"我不喜欢吃甜的。"

他把糖果统统吃光,一块也没剩下,然后把空盒子锁在手提箱里。他喜欢带画的盒子。

"可是闹得也够了,"他说,"我这个残废人该睡觉了。"

他从行李袋里取出他的布哈拉长袍和枕头,躺下来,盖上那件长袍。

"晚安,亲爱的!"他轻声说,叹了口气,仿佛周身酸痛似的。

很快就响起了鼾声。她一点都没感到拘束,也躺下去,很快就睡着了。

第二天早上她到了她出生的城市,从火车站坐上车回家去,觉得街上荒凉无人,雪是灰色的,房屋很小,好像有人把它们压扁了似的。迎面走来一个行列:人们抬着一口开着盖子的棺材,里面装着一个死人;送殡的人们打着神幡。

"据说,遇见死人会交好运。"她想。

先前尼娜·费多罗芙娜住过的那所房子,现在窗子上贴上了白条子。

她的雪橇驶进她家的院子,她的心好像停止了跳动。她拉了下门铃。一个不相识的使女来给她开门,她长得挺胖,带着睡意,穿一件暖和的棉上衣。尤丽雅走上楼梯,想起当初拉普捷夫就是在这儿对她表达爱情的,可是现在这道楼梯没有擦洗,满是脚印。楼上有些穿着皮袄的病人在阴冷的过道里等着看病。不知什么缘故,她的心怦怦地跳起来,她激动得几乎走不动了。

医生越发胖了,脸红得跟红砖一样,头发蓬乱,正在喝茶。他看见女儿,十分高兴,甚至流下了眼泪。她想到自己成了这个老人生活中唯一的乐趣,很是感动,就紧紧地拥抱他,说她要在他这儿住很久,直到复活节。她回到自己的房间里,换好衣服,来到饭厅跟他一块儿喝茶。他正从这个墙角走到那个墙角,手揣在衣袋里,嘴里哼着"噜—噜—噜",这就意味着,他对什么事感到不满意。

三　年　集

"你在莫斯科过得挺快活,"他说,"我为你很高兴。……我这个老头子什么也不需要了。我不久就要死掉,让你们大家都自由。也真奇怪,我的臭皮囊这么结实,我还活着!实在让人吃惊!"

他说他是一头结实耐劳的老驴,人人骑在他身上。给尼娜·费多罗芙娜医病啦,照料她的孩子啦,给她下葬啦,都硬推给他办;而那个花花公子巴纳乌罗夫却什么都不愿意管,甚至还向他借了一百卢布,至今没有还。

"带我到莫斯科去,把我送进疯人院吧!"医生说,"我是疯子,我是天真的娃娃,因为我仍旧相信真理和正义!"

然后他就指摘她的丈夫目光短浅,那么便宜的房子也不买。这时候尤丽雅才感到她并不是这个老人生活里唯一的乐趣。后来他给病人看病,又到外面去出诊,她就一个人在各个房间里走来走去,不知道该干什么,该想些什么。她已经对她的故乡和故居感到生疏,她现在既不想上街,也不想去看熟人,想起旧日的女朋友,想起少女时代的生活,并不感到忧郁,也不为过去惆怅。

傍晚她穿得比较漂亮点,去做彻夜祈祷。可是教堂里只有一些普通人,她那件华丽的皮大衣和她的帽子并没给人留下什么印象。她觉得不论那教堂,还是她自己,都起了某种变化。从前,在彻夜祈祷中大家念赞美诗,歌手们唱赞美歌,例如唱《我张开我的嘴》的时候,她总是觉得高兴。她喜欢在人群中慢慢地走到站在教堂中央的神甫身边,然后感到自己的额头涂上了圣油,现在呢,她却一心巴望祈祷结束。随后,她从教堂里出来,已经担心乞丐来向她要钱,站定下来,在衣袋里摸零钱是乏味的,再者她的衣袋里已经没有铜钱,只有卢布了。

她早早上床躺下,很晚才睡着。她老是梦见一些相片,梦见今天早晨见过的那个出殡行列,那个装着死人而没有盖上盖子的棺材抬进院子里来了,停在房门口,人们用一大块布把它兜起,摇晃很久,然后使足力气把它撞在房门上。尤丽雅醒了,害怕地跳下床。果然有人在敲楼下的房门,门铃的铁丝在墙上擦得沙沙响,然而门铃声却听不见。

医生咳嗽起来。后来,她听见使女走下楼去,然后又回来。

"小姐!"她敲着房门说,"小姐!"

"什么事?"尤丽雅问。

"您的电报!"

尤丽雅拿着蜡烛去给她开门。使女身后站着医生,穿着内衣,披着大衣,也拿着蜡烛。

"我们的门铃坏了,"他说,带着睡意打哈欠,"早就该修理了。"

尤丽雅拆开电报,看到:"我们为您的健康干杯。亚尔采夫,柯切沃依。"

"哎,这些胡闹的家伙!"她说,哈哈大笑起来。她心里变得轻松快活了。

她回到自己的房间,悄悄地洗脸,穿衣服,然后收拾她的东西,收拾了很久,直到天明。中午她动身到莫斯科去了。

十二

在复活节周①,拉普捷夫夫妇到绘画学校去看画展。他们按照莫斯科的风气带着一家人都去了,包括那两个小姑娘、女家庭教师和柯斯嘉。

拉普捷夫知道一切著名画家的姓名,一次画展也不肯错过。夏天在别墅里,他有时画彩色风景画,他觉得自己很有鉴赏力,如果肯下功夫,那他说不定会成为一个好画家。在国外,他有时到古董店去,带着内行的神情细看古画,发表意见,然后买下一幅什么作品。古董商要多少价钱,他就给多少,事后那张买回来放在盒

---

① 基督教复活节后的一周。

子里的画就丢在马车棚里,最后谁也不知道它到哪儿去了。或者他走进一家版画店,久久地、聚精会神地细看那些画儿和古铜器,发表各种评论,忽然买下一幅带框的民间木版画或者一盒极糟的画片。他家里的画全是大幅的,可是并不好,即使是好画也挂得不像样。他不止一次花大价钱买下一些作品,事后才知道那都是些拙劣的赝品。值得注意的是,一般说来,他在生活中是胆小的,在画展上却显得非常大胆,自信。这是什么缘故?

尤丽雅·谢尔盖耶芙娜学她丈夫那样,用眼睛凑着空拳头或者用望远镜看画,心里暗自惊奇画上的人怎么会像活人,树木怎么会像真的一样。可是她不了解画,她觉得画展上有许多画是一模一样的,觉得艺术的全部目的就在于让画上的人和东西当别人凑着空拳头瞧着的时候,活像真人和真东西。

"这是希什金①的树林,"她丈夫对她解释道,"他老是画这一类的景物。……喏,你注意地看:雪从来也没有过这样的淡紫色。……而且这个男孩的左胳膊比右胳膊短。"

后来大家都累了,拉普捷夫去找柯斯嘉,好一块儿回家去。尤丽雅站在一幅不大的风景画面前,冷淡地瞧着它。前景是一条小河,河上搭着小木桥,河对面有一条小径,消失在深色的杂草丛中,四下里是一片旷野。远处右边有一小片树林,树林旁边生着篝火,大概是夜间牧马人在看守马匹。远方是一抹晚霞。

尤丽雅想象她自己穿过小桥,然后走上那条小径,越走越远,四下里静悄悄的,带着睡意的长脚秧鸡不住地叫唤,远处的火光摇曳不定。不知什么缘故,她忽然觉得,顺着那块红色天空铺开的云、那丛树林、那片旷野,她早就见过,而且见过许多次。她感到孤单,一心

---

① 希什金(1832—1898),俄国风景画家,主要画森林景色。

想顺着那条小径往前走,走啊走;那边,燃着晚霞的地方,和平安宁,透出一种超脱人间的、永恒的意味。

"这画得多么好啊!"她说,心里奇怪,她忽然懂得这幅画了,"你瞧,阿辽沙!你看出那儿多么安静吗?"

她极力解释为什么那么喜欢这幅风景画,可是她丈夫也好,柯斯嘉也好,都不明白她的意思。她一直瞧着风景画,现出忧郁的笑容,别人却不认为这张画有什么特别的地方,这使她心里发急。后来她又在大厅里走一遍,仔细看那些画,想理解它们,不再认为画展上的许多画是一样的了。她回到家里,这才第一次注意地看大厅里那幅挂在钢琴上方的大画,她对这幅画生出反感,就说:

"何必买这样的画!"

这以后,金黄色的飞檐、威尼斯的镶花镜子、类似挂在钢琴上方的那种画,以及她丈夫和柯斯嘉关于艺术的议论,总是在她心里引起乏味和烦恼的感觉,有时候甚至会引起憎恨的心情。

生活过得很平常,一天又一天过去,没有发生什么特别的事情。演戏的季节已经结束,暖和的季节来临。天气一直非常好。有一天早晨,拉普捷夫到地方法院去听柯斯嘉发言,他受法庭的委派为某人进行辩护。他们离家迟了,来到法庭的时候,那儿已经开始审讯证人。有一个预备役列兵被控犯破门盗窃罪。有许多洗衣女工做证人,她们供称,被告常到洗衣房女老板的家里去,在举荣圣架节①前夕,夜色已经很深,他到洗衣房去借钱,想买点酒喝,以解宿醉,可是谁也没有借给他。于是他走了,可是,过了一个钟头又回来,带来了啤酒和薄荷的蜜糖饼给姑娘们吃。他们就喝酒,唱歌,几乎一直闹到天明。临到早晨,她们才发现阁楼的门锁被人撬开,洗好的衣物当中有三件男人的衬衫、一条女人的裙子、两条被单不见了。柯斯嘉讥讽地质问每个女证人:在举荣圣架节前夕她喝了被告带来的啤酒

---

① 东正教十二大节之一,在俄旧历 9 月 14 日。

没有？显然，他认为那些东西是洗衣女工们自己偷去的。他发言时一点也不慌张，只是气呼呼地瞧着陪审员们。

他解释什么叫作破门盗窃，什么叫作普通盗窃。他讲得十分详细而又令人信服，显出非凡的才能，能够把一件大家早已明白的事用严肃的口吻讲上很久。他那些话的用意究竟何在，是很难弄明白的。陪审员从他的长篇发言中只能得出这样的结论："那是破门，然而没有盗窃，因为衣服是那些洗衣女工自己卖掉换酒喝的；如果是盗窃，那不是破门盗窃。"可是他讲得显然正合需要，因为他的发言感动了陪审员和听众，使他们十分满意。等到法庭上宣判被告无罪，尤丽雅就向柯斯嘉点头，然后紧紧地握他的手。

五月里，拉普捷夫夫妇搬到索科尔尼吉的别墅里去住。这时候尤丽雅已经怀孕了。

十三

一年多过去了。在索科尔尼吉,离亚罗斯拉夫铁路的路基不远,尤丽雅和亚尔采夫坐在一块草地上,柯切沃依躺在旁边一点,双手垫在脑袋底下,眼望着天空。这三个人本来在散步,现在已经累了,等着六点钟那班别墅专车开来,好回家去喝茶。

"做母亲的往往在自己的孩子身上看出他有与众不同的地方,大自然就是这样安排的,"尤丽雅说,"做母亲的往往一连几个钟头站在小床旁边,瞧她的孩子生着什么样的小耳朵、小眼睛、小鼻子,瞧得入了迷。要是有个外人吻她的孩子,那么她,这个可怜的女人,就会认为这一定给他很大的快乐。做母亲的讲起话来别的不谈,专谈她的孩子。我知道母亲们这种弱点,就管束自己;不过,说真的,我那个奥丽雅可真是与众不同呢。她吃奶的时候看着我,那对眼睛多么灵活!她笑得多么好看啊！她刚满八个月,可是老实说,像那样聪明的眼睛我就是在三岁的孩子身上也没见过。"

"顺便问一句,"亚尔采夫问道,"您说说:您在丈夫和孩子当中比较爱哪一个?"

尤丽雅耸耸肩膀。

"我不知道,"她说,"我从来没有强烈地爱过我丈夫,实际上奥丽雅是我最爱的人了。您知道,我并不是出于爱情嫁给阿历克塞的。从前我愚蠢,痛苦,老是认为我毁了他的生活和我自己的生活,现在我才明白,压根儿就不需要什么爱情,那都是胡说。"

"然而,如果不是爱情的话,那么是什么感情使您跟您的丈夫联系在一起的呢？为什么您跟他一块儿生活呢?"

"我不知道。……哦,大概是习惯吧。我尊敬他,他出外久了,我就惦记他,然而这不是爱情。他是个聪明正直的人,这对我的幸福来说就已经足够了。他很善良,朴实。……"

"阿辽沙聪明,阿辽沙善良,"柯斯嘉说,懒洋洋地抬起头来,"可是,我亲爱的,为了要了解他聪明,善良,招人喜欢,却得跟他相处很久。……而且他的善良或者他的聪明究竟有什么用处呢?您要多少钱,他就给您多少,这他是能够做到的,可是在那种需要运用坚强性格、反击蛮横无礼的人和无赖的时候,他就心慌意乱,泄气了。像您的可爱的阿历克塞那样的人,都是极好的人,可是在斗争方面,他们完全不中用。而且,总的来说,他们无论干什么事都不中用。"

最后,一列火车出现了。烟囱里冒出绯红的蒸气,飘到小树林上面。最后一节车厢上的两扇窗子忽然迎着阳光闪了一下,亮得耀眼。

"该喝茶了!"尤丽雅·谢尔盖耶芙娜说,站起来。

她近来发胖,走起路来已经是太太们那种有点懒散的样子了。

"不过没有爱情毕竟是不好的,"亚尔采夫跟在她身后,说,"我们光是一股劲儿谈爱情,读描写爱情的书,然而我们自己却不大能够爱人,说真的,这可不好。"

"这都无所谓,伊凡·加甫利雷奇,"尤丽雅说,"幸福不在于爱情。"

他们在小花园里喝茶,那儿的木犀草、紫罗兰、菸草花正在盛开,早熟的唐菖蒲已经开花了。亚尔采夫和柯切沃依从尤丽雅·谢尔盖耶芙娜的脸容看出她正在经历一个内心宁静、平稳的幸福时期,她除了已经有的以外,什么都不需要了,于是他们自己的心里也就变得平静舒畅了。不管是谁说了什么话,那些话都显得很合时宜,颇有道理。那些松树也很美丽,松脂发出以前从未有过的那种奇妙的香味,鲜奶油也十分可口,萨霞呢,真是个聪明的好姑娘。……

喝完茶以后,亚尔采夫唱抒情歌曲,同时弹钢琴为自己伴奏。尤丽雅和柯切沃依默默地坐在那儿听,只有尤丽雅偶尔站起来,悄悄走出去看一下她的孩子和丽达,丽达已经有两天躺在床上发烧,什么东西也没吃。

"'我的朋友,我的温柔的朋友啊……'"亚尔采夫唱道。"不,诸位先生,就是把我杀了,我也不懂,"他说,摇一下头,"我不懂您为什么反对爱情!要不是我一昼夜有十五个钟头忙于工作,那我一定就去谈恋爱。"

晚饭摆在凉台上。那儿暖和,安静,可是尤丽雅戴着围巾,抱怨天气潮湿。等到天黑下来,不知什么缘故,她觉得身体不舒服,老是打冷战,一再请求客人们多坐一会儿。她请他们喝葡萄酒,吃过晚饭后又吩咐拿白兰地来,免得他们走掉。她不愿意一个人守着那些孩子和仆人。

"我们这些住在别墅里的女人正筹备在这儿给孩子们演出一场戏,"她说,"我们样样齐全,剧场啦,演员啦,都有了,所缺的只是剧本。人家给我们寄来大约二十个不同的剧本,可是一个也不合用。喏,您喜欢戏剧,又熟悉历史,"她对亚尔采夫说,"您就给我们写一个历史剧吧。"

"行,这可以办到。"

客人们喝完所有的白兰地,准备走了。这时候已经十点多钟,按别墅的生活方式来说,要算是很晚了。

"多么黑啊,伸手不见五指!"尤丽雅把他们送到大门外,说,"诸位先生,我不知道你们怎么走到家。不过,天好冷啊!"

她把围巾裹紧点,回转身往门廊走去。

"我的阿历克塞多半在什么地方打牌呢!"她叫道,"晚安!"

从明亮的房间里走出来以后,就什么东西也看不见了。亚尔采夫和柯斯嘉像瞎子似的摸索着,好不容易走到铁道的路基那儿,穿过铁路往前走去。

"连个鬼影儿也看不见,"柯斯嘉用男低音说,停住步,瞧一下天空,"那些星星,那些星星啊,就像新的十五戈比硬币!加甫利雷奇!"

"啊?"亚尔采夫在什么地方应声说。

"我说:什么都看不见了。您在哪儿啊?"

亚尔采夫吹着口哨,走到他跟前,挽住他的胳膊。

"喂,住在别墅里的人啊!"柯斯嘉忽然扯开嗓门大叫起来,"抓住社会党人啦!"

他一有醉意,总是很不安分,哇哇地叫,找警察和马车夫的碴儿,唱歌,狂笑。

"大自然啊,见鬼去吧!"他叫起来。

"得了,得了,"亚尔采夫制止他说,"不要这样。我求求您。"

不久两个朋友就习惯了黑暗,看得出高高的松树和电报线杆子的轮廓了。偶尔,从莫斯科车站那边传来汽笛声,电报线悲凉地嗡嗡响。小树林本身却没有发出一点声音,在这种沉寂里人感到有一种骄傲的、强大的、神秘的意味。此刻在夜间望去,松树顶仿佛快碰到天空了。两个朋友找到他们常走的那条林间通道,顺着它走去。那儿一片漆黑,只因为上边有一长条天空,点缀着繁星,脚底下是经人踩结实的土地,他们才知道他们是在一条林荫道上走路。他们俩默默地并排走着,觉得前面仿佛有人迎面走过来似的。他们的醉意消失了。亚尔采夫忽然想到眼前这个小树林里也许有莫斯科的沙皇、大贵族、大主教的灵魂在飞翔,他想把这想法告诉柯斯嘉,可是话到口边又忍住了。

他们走到城门口,天空已经微微发亮。亚尔采夫和柯切沃依仍旧沉默着,沿马路走去,经过一些便宜的别墅、小饭铺、木料的堆栈。在树枝连成的拱顶下,好闻的潮气夹着菩提树的香气,浸透他们的全身。然后前面铺开宽阔的长街,街上没有一个人影,没有一点灯火。……他们走到红湖,天已经大亮了。

"莫斯科是一个还要遭受很多痛苦的城市。"亚尔采夫瞧着阿历克塞修道院,说。

"您怎么会忽然有这个想法?"

"这是无意中想到的。我爱莫斯科。"

亚尔采夫和柯斯嘉两人都生在莫斯科,热爱这个城市,不知什么缘故,对别的城市总是抱有反感。他们相信莫斯科是杰出的城市,俄罗斯是杰出的国家。到了克里米亚,到了高加索,到了国外,他们总觉得乏味,不舒服,不方便。他们认为莫斯科阴沉的天气最令人愉快,最有益于健康。有些日子冷雨抽打窗子,暮色提早降临,房屋和教堂的墙壁现出可悲的深棕色,人们上街不知道该穿什么好,这样的日子也使他们感到愉快和兴奋。

最后他们在车站附近雇到一辆街头马车。

"真的,写一个历史剧倒不错,"亚尔采夫说,"不过,您知道,不要写利亚普诺夫①和戈东诺夫②的时代,而要写雅罗斯拉夫③或者摩诺马赫④的时代。……我痛恨一切俄国历史剧,只有皮缅⑤的独白除外。只要

---

① 利亚普诺夫,17世纪初叶俄国舒伊斯基沙皇时代一个有势力的军人。
② 即波利斯·戈东诺夫,16世纪俄国沙皇。
③ 雅罗斯拉夫,1019年至1054年的基辅大公。
④ 摩诺马赫,1113年至1125年的基辅大公。
⑤ 皮缅,普希金所著悲剧《波利斯·戈东诺夫》中的人物,一位编年史家。

你跟历史文献资料打交道,哪怕是读一本俄国历史教科书,你也会觉得在俄国,人人都有异乎寻常的才气,有本领,有趣味,可是我在剧院里看历史剧的时候,我却开始觉得俄国生活平庸,不健康,没有特色。"

在德米特罗夫卡附近,两个朋友分手了。亚尔采夫坐车回尼基特斯基街他的寓所。他在车上打瞌睡,摇摇晃晃,老是想着剧本。忽然,他仿佛听见一片可怕的嘈杂声、叮当声、喊叫声,那话语却听不懂,像是加尔梅克人的语言;有个什么村子整个被火焰包住,附近有一片披着白霜的树林,映着火光,现出柔和的粉红色,站在远处也可以看清楚,每棵小云杉都能辨别出来,有些骑马的和步行的野蛮人在村子里跑来跑去,他们的马和他们本人都像天空中的晚霞那样红彤彤的。

"这是波洛韦茨人①……"亚尔采夫暗想。

其中有一个面目狰狞的老人,脸上沾满血迹,周身

---

① 11世纪到13世纪在南俄草原游牧的突厥语系民族。

被火烧伤,把一个年轻的姑娘捆在他的马鞍上,那姑娘生着苍白的、俄罗斯人的脸。老人疯狂地叫嚷着,那个姑娘看样子忧郁而伶俐。……亚尔采夫摇一下头,醒过来了。

"'我的朋友,我的温柔的朋友啊……'"他唱起来。

他付过车钱,然后走上楼梯,往自己的房间走去;可是他仍旧没有完全清醒过来,仿佛看见火焰蔓延到树木上,树林噼啪地响,冒起浓烟,一头庞大的野猪吓得发了疯,在村子里跑来跑去。……那个捆在马鞍上的姑娘一直呆望着。

他回到自己的房间里,天色已经大亮。钢琴上一本摊开的乐谱旁边,有两支蜡烛快燃尽了。长沙发上躺着拉苏季娜,穿一件黑色连衣裙,系一条宽腰带,手里拿着一张报纸,睡得很香。大概她弹过很久的钢琴,等亚尔采夫回来,却没有等到,就睡着了。

"哎,她累坏了!"他想。

他就小心地从她手里抽出报纸,给她盖上毛毯,吹熄蜡烛,走到他的卧室去了。他躺下,想着历史剧,在他的脑子里那个旋律仍旧没有消散:"我的朋友,我温柔的朋友啊……"

过了两天,拉普捷夫坐车到他这儿来,闲聊了一会儿,说是丽达害了白喉症,传染给尤丽雅·谢尔盖耶芙娜和她的孩子了。再过五天,传来消息,说是丽达和尤丽雅都已经痊愈,孩子却死了,又说拉普捷夫夫妇从索科尔尼吉的别墅回到城里去了。

十四

拉普捷夫已经觉得,长久待在家里不愉快。他的妻子常到侧屋里去,说是她得给两个小姑娘教课,可是他知道她到那儿去不是教课,而是在柯斯嘉屋里痛哭。这是孩子死后第九天了,随后是第二十天,再后来是第四十天,可是他仍旧得上阿历克塞墓园去做安魂祭祷,然后整整一昼夜苦恼不堪,光是想着那个不幸的孩子,为安慰妻子而说出各种陈词滥调。他已经很少去仓库,而只从事慈善工作,为自己想出各种操心和奔走的事,遇到为一点点小事出去奔走一整天,就暗自高兴。近来他打算到国外去一趟,了解一下那儿夜店的经营情况,这个想法现在很吸引他。

那是秋季里的一天。尤丽雅刚走,到侧屋里去哭了,拉普捷夫却躺在书房里的长沙发上,盘算着该到什么地方去。正好这时候,彼得通报说拉苏季娜来了。拉普捷夫十分高兴,跳下长沙发,去迎接这个意外的客人,他旧日的、如今几乎已经开始淡忘的女朋友。自从那天傍晚他跟她最后一次见面以来,她一点也没改变,仍旧是老样子。

"波丽娜!"他说,向她伸出两只手,"像是多少个冬天,多少年没见面了! 要是您知道我见到您多么高兴就好了! 欢迎欢迎!"

拉苏季娜打了个招呼,使劲握一下他的手,没有脱掉大衣和帽子,走进他的书房,坐下来。

"我上您这儿来坐一会儿就走,"她说,"我没有工夫说废话。请您坐下,听我说。您见到我是高兴还是不高兴,这在我完全无所谓,因为男士们对我的仁慈的关怀我素来不放在心上。我来看您,只是因为我今天已经去过五个地方,到处碰钉子,而这又是一件不能拖延的事。您听我说,"她继续说,瞧着他的眼睛,"有五个我熟识的大学生,都是些见识有限、头脑糊涂的人,然而无疑很穷,付不出学费,现在要被开除了。您的财富使您有责任马上到大学去,替他们付学费。"

"遵命,波丽娜。"

"这就是他们的姓名,"拉苏季娜把一张字条递给拉普捷夫,说,"请您马上去一趟,至于家庭幸福,您放到以后去享受也不迟。"

这时候,通到客厅的那道房门外边响起沙沙的声音:大概是一条狗在搔痒。拉苏季娜涨红了脸,迅速站起身来。

"您的杜尔西内娅①在偷听我们讲话!"她说,"真可恶!"

拉普捷夫为尤丽雅抱屈。

"她不在这儿,她在侧屋里,"他说,"请您不要这样说她。我们的孩子死了,如今她正伤心得要命。"

"您尽可以安慰她,"拉苏季娜说,冷笑一下,又坐下来,"她将来还可以生下整整十个呢。生孩子还用得着什么聪明才智?"

拉普捷夫想起这句话或者类似的话以前他早已听过许多次了,于是他的心头便涌现出往昔那自由的独身生活的诗意境界。那时候他觉得自己年轻,要干什么就干什么,那时候还没有对他妻子的爱,也没有关于孩子的回忆。

"那我们就一块儿去吧。"他说,伸个懒腰。

他们来到大学,拉苏季娜留在门外等着。拉普捷

---

① 西班牙作家塞万提斯(1547—1616)的长篇小说《堂吉诃德》中吉诃德的情人。

夫走进办公室,过一会儿他回来,交给拉苏季娜五张收据。

"您现在到哪儿去?"他问。

"到亚尔采夫那儿去。"

"那我跟您一块儿去。"

"可是要知道,您会妨碍他工作的。"

"不会的,我向您担保!"他说,带着恳求的神情瞧着她。

她戴一顶镶着绉纱、像服丧似的黑帽子,穿一件很短的、衣袋鼓起来的旧大衣。她的鼻子似乎比以前更长了,尽管天气严寒,她脸上却一点血色也没有。对拉普捷夫来说,跟着她走,顺从她,听她抱怨,是很愉快的。他一面走一面想着她:这个女人一定有十分充沛的内心力量,虽然她长得不好看,脾气不随和,心神不定,穿得不像样,头发老是没梳整齐,模样儿总有点古怪,可是她仍旧迷人。

他们来到亚尔采夫的寓所,从后门走进去,穿过厨房,在厨房里遇见厨娘,一个长着白色鬈发的干净利落的老太婆。她很窘,现出甜滋滋的笑容,弄得她那张小脸像个甜馅饼似的,她说:

"请进。"

亚尔采夫不在家。拉苏季娜就在钢琴旁坐下,吩咐拉普捷夫不要打搅她,然后开始弹一个又乏味又繁难的练习曲。他没有跟她说话,分散她的注意力,光是坐在一旁翻看一份《欧洲通报》。她弹了两个钟头(这是她每天的工作),到厨房里吃一点东西,就出去教课了。拉普捷夫看完一本小说的续篇,然后坐了很久,不看书,也不觉得无聊,想到回家去吃午饭已经迟了,反而很满意。

"哈—哈—哈!"传来亚尔采夫的笑声,随后他本人走进房间,健康,活泼,脸上红扑扑的,穿一件崭新的燕尾服,衣服上钉着发亮的纽扣,"哈—哈—哈!"

两个朋友一块儿吃午饭。饭后,拉普捷夫在一张长沙发上躺下来,亚尔采夫坐在旁边,点起一支雪茄烟。黄昏来到了。

"我大概开始衰老了,"拉普捷夫说,"自从我姐姐尼娜去世以后,不知什么缘故,我开始常常想到死。"

他们就谈死亡,谈灵魂不灭,而且谈到,真要是死而复活,然后飞到火星上,永远闲散而幸福,主要的是不按地球上的方式而按一种特别的方式思考,那倒挺好。

"可是谁也不想死,"亚尔采夫轻声说,"任什么哲学都不能使我甘心死掉。我纯粹把死看作毁灭。谁都想活着。"

"您爱生活吗,加甫利雷奇?"

"是的,我爱生活。"

"可我在这方面却怎么也弄不懂自己。我要么心绪阴郁,要么心情冷淡。我胆怯,不相信自己,我的良心畏畏缩缩。我怎么也不能适应生活,做生活的主人。有的人说蠢话,或者耍滑头,可是生活得倒颇有乐趣;我呢,有时自觉地做好事,却只感到心神不安或者十分冷淡。加甫利雷奇,我把这一切的原因归之于我是奴隶,我是农奴的孙子。在我们这班贱民闯出一条真正的道路以前,会有很多人在半路上就丧命的!"

"这话说得挺好,好朋友,"亚尔采夫说,叹口气,"这反而再一次证明俄罗斯的生活多么丰富多彩。啊,多么丰富呀!您要知道,日子一天天过去,我越来越相信我们正生活在最伟大的胜利的前夜,我一心想活到那个时候,亲身参与那个胜利。信不信由您,依我看来,卓越的一代人目前正在成长。每逢我给孩子们上课,特别是给女孩子们上课,我总是感到快乐。了不起的孩子呀!"

亚尔采夫走到钢琴那儿,按响一个琴键。

"我是化学家,按化学方式思索,将来也以化学家身份死掉,"他接着说,"可是我贪心,生怕来不及生活得心满意足就死掉。单是研究化学,我还嫌不够,我又搞俄罗斯历史、艺术史、教育学、音乐。……今年夏天有一次您的妻子要我写历史剧,现在我就想写,一个劲儿地写,我似乎能够接连坐上三天三夜,不站起来,一直不断地写。各种人物的形象弄得我疲惫不堪,我的头脑挤满了各种人物和思想,我觉得我的脑子里仿佛有脉搏在跳动。我根本不是要我自己变成什么特殊的人物,创造出伟大的作品,我只不过是要生活,要幻想,要希望,到处都有我的份。……人生,好朋友,是短暂的,应当生活得好一些才是。"

这次友好的谈话直到午夜才结束,这以后拉普捷夫几乎天天到亚尔采夫家里去。亚尔采夫吸引他。他照例在黄昏以前到他家里,躺下来,耐心地等他回来,一点也不觉得寂寞。亚尔采夫呢,下班回来,吃过饭就坐下来工作;可是拉普捷夫向他提出一个什么问题,谈话就开始,亚尔采夫顾不上工作了。两个朋友到午夜才分手,彼此十分满意。

然而这种情形没有维持多久。有一天拉普捷夫到亚尔采夫家,却在那儿只碰见拉苏季娜一个人,她正坐在钢琴那儿弹她的练习曲。她冷冷地瞧着他,差不多

带着敌意。她没有跟他握手,问道:

"劳驾,请问这种情形什么时候才能结束?"

"什么情形?"拉普捷夫不懂,问道。

"您天天到这儿来,妨碍亚尔采夫工作。亚尔采夫可不是什么商人,而是学者,他生活中的每一分钟都是宝贵的。应当明白这一点,至少也该识趣嘛!"

"如果您认为我在妨碍他,"拉普捷夫感到难为情,温和地说,"那我以后不来就是了。"

"那好极了。您就走吧,要不然,他也许马上就会回来,在这儿碰上您。"

拉苏季娜讲这些话的口气和她那对冷漠的眼睛弄得他心慌极了。她对他已经没有任何感情,只希望他赶快走掉,这跟往昔的爱情多么不同!他没有跟她握手就走了,他以为她会叫他一声,招呼他回去,可是练琴的声音又响起来。他慢腾腾地走下楼去,明白他对她来说已经是不相干的人了。

大约过了三天,亚尔采夫来找他,为的是跟他一块儿消磨一个傍晚。

"我有个消息告诉您,"他说,笑起来,"波丽娜·尼古拉耶芙娜搬到我家里来住了,"他有点窘,接着低声说,"嗯,当然,我们并没有相爱,不过我想这……这也没什么关系。我很高兴,因为我给了她一个安身的地方,给了她安宁,而且万一她病了,她也可以不工作。她呢,却认为她跟我同居以后,我的生活就会变得有条有理,在她的影响下我会成为一个伟大的科学家。她是这么想的。就随她去想吧。南方人有一句俗话:傻瓜靠幻想发财。哈—哈—哈!"

拉普捷夫没有开口。亚尔采夫在书房里走来走去,看那些以前他已经看过许多次的画片,叹口气说:

"是的,我的朋友。我比您大三岁,再想要真正的爱情已经嫌迟了。实际上,像波丽娜·尼古拉耶芙娜这样的女人,对我来说,已经是求之不得了。当然,我会跟她一块儿平平安安生活到老年。不过,鬼才知道是怎么回事,我仍旧有点遗憾,仍旧巴望着什么,老是觉得我仿佛躺在达格斯坦的山谷中①,梦见了舞会似的。一句话,人永远不会满足于已经拥有的东西。"

他走到客厅里,若无其事地唱着抒情歌曲。拉普捷夫坐在他的书房里,闭上眼睛,极力要弄明白为什么拉苏季娜要跟亚尔采夫同居。后来他想到天下并没有什么牢固经久的依恋,为此难过了很久。他恼恨波丽娜·尼古拉耶芙娜跟亚尔采夫同居,也恼恨他自己,因为他对他妻子的感情已经跟先前完全不一样了。

十五

拉普捷夫坐在一把圈椅上看书,身子微微摇晃着。尤丽雅也在书房里看书。他们觉得没有什么话可谈,两个人从早晨起就沉默着。间或他的目光从书上边越过去,移到她的身上,他暗想:出于热烈的爱情而结婚

---

① 参阅莱蒙托夫的诗《梦》。

和根本没有爱情而结婚,不是一样吗?当初他吃醋、激动、痛苦的那段时期,如今在他心目中已经十分遥远了。他已经到国外去过一趟,目前旅行归来,正在休息,打算一到春天再上英国走一趟,他是很喜欢英国的。

尤丽雅·谢尔盖耶芙娜已经习惯于她的悲伤,不再到侧屋里去哭了。这年冬天她不再逛商店,不再到剧院里和音乐会上去,待在家里了。她不喜欢大房间,总是要么待在她丈夫的书房里,要么待在她自己的房间里,她的房间里有一个随着嫁妆带来的神龛,墙上挂着那张在画展上使她十分喜爱的风景画。她几乎没有为自己花过钱,她现在跟从前在她父亲家里的时候一样很少花钱。

冬天不愉快地过去了。莫斯科到处都在打牌,可是如果不打牌而想出其他的消遣,例如唱歌、朗诵、绘画,结果更乏味。在莫斯科,有才气的人很少,在所有的晚会上,参加表演的老是那么一些歌手和朗诵者,因此艺术的享受本身渐渐使人腻烦,对许多人来说,变成单调乏味的社交义务了。

此外,拉普捷夫家里没有一天不出点不痛快的事。老人费多尔·斯捷潘内奇目力很差,已经不到仓库去,眼科医生说他不久就要失明了。不知什么缘故,费多尔也不再到仓库去,一直坐在家里,写什么东西。巴纳乌罗夫已经调到另一个城里,升为四等文官,现在住在德累斯顿旅馆里,几乎每天到拉普捷夫家里来要钱。基希终于离开了大学,等拉普捷夫给他找工作,成天价坐在他们家里,讲又长又乏味的故事。所有这些都惹人生气,使人厌倦,弄得日常生活很不愉快。

彼得走进书房来,通报说,有一位不认识的太太来了。他送来的名片上写着:"约塞菲娜·姚西佛芙娜·米兰。"

尤丽雅·谢尔盖耶芙娜懒洋洋地站起来,走出去,腿微微有点瘸,因为她的腿坐麻了。门口出现一位太太,身材消瘦,脸色十分苍白,生着两道黑眉毛,穿一身

黑衣服。她把两只手在胸前抱紧,哀求地说:

"拉普捷夫先生,救救我的孩子!"

她的手镯的叮当声和她那扑粉过多的脸,对拉普捷夫来说是熟悉的。他认出这位太太就是他在结婚以前有一次十分不恰当地在她家里吃过饭的那个女人。她就是巴纳乌罗夫的第二个妻子。

"救救我的孩子吧!"她又说一遍,她的脸颤抖起来,忽然变得苍老、可怜了,她的眼睛也红了,"只有您才能救我们,我用所剩的最后一点钱坐上火车到莫斯科来找您!我的孩子都要饿死了!"

她做出仿佛要跪下似的动作。拉普捷夫吓坏了,一把抓住她臂弯上边那段胳膊。

"请坐,请坐……"他喃喃地说,扶着她坐下,"我求求您,请坐。"

"我们现在没有钱买面包了,"她说,"格利果利·尼古拉伊奇动身到新地方去上任了,可是不肯带着我和孩子们一块儿去。至于您,慷慨的人,汇给我们的钱,他都拿去自己花了。我们怎么办呢?怎么办呢?我那些可怜的、不幸的孩子啊!"

"您放心,我求求您。我会吩咐账房把钱汇到您的名下。"

她放声痛哭,然后安静下来。他看出她扑过厚粉的脸被泪水冲出一条条小沟,还看出她生着唇髭。

"您无限地慷慨,拉普捷夫先生。不过,请您做我们的天使,做我们的仁慈的菲亚①,劝格利果利·尼古拉伊奇不要丢下我,带着我一块儿去。要知道我爱他,发疯般地爱他,他是我的欢乐。"

拉普捷夫给她一百个卢布,答应跟巴纳乌罗夫谈谈,送她到前厅,一直担心她会痛哭起来或者跪下去。

她走以后,基希来了。然后柯斯嘉带着照相机来了,近来他迷上了照相,每天都要给这一家子人照几次相,这种新的工作给他带来许多烦恼,他甚至瘦了。

---

① 西欧神话中的仙女,给人们带来幸福。

三　年　集

喝晚茶以前,费多尔来了。他在书房的墙角边坐下来,翻开一本书,老是瞧着那一页,分明看不下去。后来他喝很久的茶,他的脸发红。有他在座,拉普捷夫就觉得心头沉重,连费多尔的沉默也使他不愉快。

"你可以庆贺俄国添了一个新的政论家,"费多尔说,"可是,不开玩笑,弟弟,我好容易写出一篇小文章,所谓的试笔,带给你看看。你读一遍,亲爱的,谈谈你的意见。只是要说心里话。"

他从衣袋里拿出一个笔记本,递给他弟弟。这篇文章的题目是《俄罗斯的灵魂》,写得枯燥无味,文笔没有光彩,通常那些没有才能而虚荣心很重的人才会写出这种东西来。文章的主要思想是这样的:有知识的人有权利不相信超自然的东西,然而他应该把他这种不相信掩盖起来,免得产生诱惑,动摇人们的信仰。没有信仰就没有理想主义,而理想主义注定要拯救欧洲,向人类指出真正的道路。

"不过你没写出欧洲在哪一方面应该加以拯救。"

拉普捷夫说。

"这是不说也明白的。"

"一点儿也不明白,"拉普捷夫说,激动地走来走去,"你为什么要写这篇东西,我就不明白。不过,这是你的事。"

"我想出版一本小册子。"

"那是你的事。"

他们沉默了一会儿。费多尔叹口气,说:

"我和你的想法这么不同,这真是使人万分遗憾。唉,阿辽沙,阿辽沙,我亲爱的兄弟!我和你都是信奉正教的、心胸开阔的俄罗斯人,所有那些德国人和犹太人的渺小思想能配得上我们吗?要知道,我和你不是什么下贱货,而是一个有名望的商人家族的代表。"

"什么有名望的家族?"拉普捷夫按捺着性子说,"有名望的家族!地主老爷打我们的爷爷,每个小官都打他耳光。爷爷打我们的父亲,父亲又打我和你。这个有名望的家族给了我们什么?我们继承下来的是什么样的神经,什么样的血液?差不多有三年了,你一直像教堂诵经士似的发议论,说各式各样的废话,现在又写出这么一篇文章。要知道,这篇文章是奴才的梦话!那么我呢,那么我呢?你看看我。……既不坚定,也没有胆量,更缺乏强有力的意志。我每走一步路都害怕,仿佛有人要打我似的。我在那些智力上和道德上都不知比我低多少倍的废物、蠢材、畜生面前总是胆怯。我怕那些扫院人、看门人、警察、宪兵。我什么人都怕,因为我是由一个受尽欺压的母亲生下来的,我从小就挨打,受惊吓!……要是我和你没有孩子,那就做了好事。啊,求上帝保佑,但愿这个有名望的商人家族到我们这一代就完结!"

尤丽雅·谢尔盖耶芙娜走进书房来,在桌子旁边坐下。

"你们在这儿争论什么?"她说,"我不妨碍你们吧?"

"不妨碍,小妹妹,"费多尔回答说,"我们在进行一场原则性的谈话。喏,你说这个家族没出息,"他转过脸去对他弟弟说,"可是这个家族创造了价值百万的事业。这总不能一笔抹杀吧!"

"了不起,价值百万的事业!一个没有特殊聪明才智和没有能力的人偶然变成一个生意人,后来成了阔佬,成天价做生意,既没有什么计划,也没有什么目的,甚至没有贪财的欲望。他机械地做他的生意,钱自动来了,并不是他去找来的。他一辈子守着这个生意,喜爱它,只是因为他可以支使伙计们,耍弄买主罢了。他参加教堂的管理工作,是因为可以在那儿支使歌手们,压制他们。他当学校的董事,是因为他喜欢感到教师是他的部下,他可以在他们面前摆威风。商人喜欢的不是做生意,而是作威作福,你们的仓库也不是一个商业机构,而是个监狱!是啊,你们这样的生意就需要那些失去个性、备受压迫的伙计,你们自己训练出这样的人来,逼得他们从小为了混口饭吃而对你们跪着,你们教他们从小就养成习惯,认为你们是他们的恩人。

是啊,你那个仓库里大概不要大学生吧!"

"大学生不适宜做我们这种生意。"

"这是假话!"拉普捷夫叫道,"说谎!"

"对不起,我觉得你好像在往你喝水的井里吐唾沫,"费多尔说,站起来,"我们的事业在你是可憎的,然而你却使用它的收入。"

"啊哈,这就说到点子上来了!"拉普捷夫说,笑起来,气冲冲地看着他的哥哥,"对了,如果我不属于你们这个有名望的家族,如果我有哪怕一丁点儿的毅力和胆量,那我早就丢开这些收入,出外谋生去了。可是你们在你们那个仓库里把我折磨得从小就失去了个性!我成了你们的人!"

费多尔看一下钟,开始匆忙地告辞。他吻一下尤丽雅的手,走出去,可是没有往前厅走,却走进客厅,然后走到卧室里去了。

"我忘了这些房间的位置,"他十分慌张地说,"这是一所古怪的房子。古怪的房子,不是吗?"

他穿皮大衣的时候,仿佛吓呆了,脸上现出痛苦的神情。拉普捷夫不再感到愤怒,他吓坏了,觉得对不起费多尔。他对哥哥的亲切、热诚的爱,近三年来似乎已经在他的心头消失,此刻却又在他的胸中复苏,他非常希望表达一下这种爱戴。

"你,费佳①,明天到我们这儿来吃午饭吧,"他说,抚摸一下他的肩膀,"你来吗?"

"好,好。可是给我点水喝吧。"

拉普捷夫就亲自跑到饭厅,在食器柜里随手拿出一个杯子(那是一只高脚啤酒杯),斟满了水,端给他的哥哥。费多尔开始大口地喝水,可是忽然咬住那个杯子,只听得咔嚓一声,然后响起了痛哭声。水洒在皮大衣上,洒在上衣上。拉普捷夫以前从没见过痛哭的男人,心里又慌又怕,站在那儿不知该怎么办才好。他茫然失措地瞧着尤丽雅和一个使女给费多尔脱掉皮大

---

① 费多尔的爱称。

衣,扶着他走回房间,他自己也跟着她们走去,心里感到愧悔。

尤丽雅扶着费多尔躺下去,在他面前跪下。

"不要紧的,"她安慰道,"这是您的神经……"

"亲爱的,我心里好难受啊!"他说,"我觉得不幸,不幸……可是我一直瞒着外人,瞒着外人!"

他搂住她的脖子,凑着她的耳朵小声说:

"我天天晚上看见我的姐姐尼娜。她来了,在我床旁边一张圈椅上坐下。……"

过了一个钟头,他又在前厅穿皮大衣,这时候他已经面带笑容,见着使女有点不好意思了。拉普捷夫坐车送他到皮亚特尼茨基街去。

"明天你到我们这儿来吃午饭,"他在路上扶着他的胳膊说,"到复活节我们一块儿到国外去。你务必要换换空气,要不然你就完全垮了。"

"对,对。我要到国外去,要去。……我们把小妹妹也带去。"

拉普捷夫回到家里,发现他妻子十分激动。费多尔出的事使她震动,她怎么也安不下心来。她没有哭,可是脸色十分苍白,在床上翻来覆去,用冰凉的手指头抓紧被子,抓紧枕头,抓紧她丈夫的手。她的眼睛睁得很大,露出惊恐的样子。

"你别离开我,别离开我,"她对她丈夫说,"告诉我,阿辽沙,为什么我不再向上帝祷告了?我的信仰到哪儿去了?唉,为什么你们总是在我面前讲宗教呢?你们,你和你的朋友们把我的心搅乱了。我已经不再祷告了。"

他在她额头上放一块浸过凉水的布,焐暖她的手,给她喝茶,她呢,害怕地偎紧他。……

将近天亮,她感到疲乏,睡着了。拉普捷夫坐在一旁,握住她的手。因此他没有睡成。这以后一整天,他都觉得十分疲乏,脑筋迟钝,什么也不能想,懒洋洋地在各处房间里走来走去。

十六

医生说费多尔得了精神病。拉普捷夫不知道皮亚特尼茨基街那边的情形怎么样;至于那个阴暗的仓库,老人和费多尔已经不去,给他留下的是墓穴的印象。每逢他妻子对他说,他有必要每天到仓库和皮亚特尼茨基街去一趟,他总是要么沉默,要么生气地讲到他的童年时代,讲到他由于他的过去而不能原谅他的父亲,讲到他痛恨皮亚特尼茨基街和仓库,等等。

有一个星期日早晨,尤丽雅亲自坐车到皮亚特尼茨基街去。她看到老人费多尔·斯捷潘内奇就在以前她初到的时候做过祈祷的那个大厅里。他身上穿着他那件帆布上衣,没有打领结,脚上套一双便鞋,坐在一把圈椅上不动,眨巴着他的瞎眼睛。

"是我,您的儿媳妇,"她走到他跟前说,"我来看看您。"

他激动得喘不过气来。她被他的不幸、他的孤独所感动,吻他的手。他就摸索她的脸和头,仿佛终于相信这人是她似的,于是就在她胸前画了个十字。

"谢谢,谢谢,"他说,"现在我的眼睛坏了,什么也看不见了。……我还能略微看见窗户,还有灯火,可是人和东西都看不清。是啊,我瞎了,费多尔病了,现在那边的生意没有主人的眼睛照管,不行了。要是那边出了什么不合规矩的事,也没人追究。那些人要给惯坏了。费多尔怎么会生病的呢?他是感冒了还是怎么的?瞧,我就从来也没病过,从来也没看过病。我一个大夫也不认识。"

老人照例夸起口来。这当儿女仆匆匆忙忙地在大厅里摆桌子,准备开饭,放上凉菜和酒瓶。酒瓶有十来个,其中有一个形状像埃菲尔塔①。仆人端来满满一盘热馅饼,冒出煮熟的大米和鱼的香味。

---

① 巴黎的著名铁塔,在1889年建成。

"我请我的贵客吃饭。"老人说。

她挽着他的胳膊,把他领到饭桌那儿,给他斟上一杯白酒。

"我明天还要来看您,"她说,"而且把您的外孙女萨霞和丽达也带来。她们会怜惜您,跟您亲热的。"

"不必了,别带她们来。她们是私生子。"

"怎么会是私生子呢?要知道,她们的父母是正式结过婚的。"

"没有得到我的许可。我没有给他们祝福过,我不想见她们。随她们去吧。"

"您这话说得奇怪,费多尔·斯捷潘内奇。"尤丽雅说,叹一口气。

"《福音书》上说,子女得尊敬和畏惧他们的父母。"

"没有的事。《福音书》上说,我们甚至得宽恕我们的敌人。"

"做我们这行生意可不能宽恕人。要是宽恕一切人,那么不出三年就倾家荡产了。"

"可是,宽恕别人,对别人,甚至对有过错的人,说几句亲热和气的话,那比生意更重要,比财富更重要!"

尤丽雅想让老人的心软下来,想唤起他的怜悯之情,使他心里感到懊悔,然而他却光是居高临下地听她讲那些话,如同大人听孩子讲话一样。

"费多尔·斯捷潘内奇,"尤丽雅坚决地说,"您已经老了,不久上帝就要把您召去。上帝不会问您买卖做得怎么样,您的生意兴隆不兴隆,而会问您待人是不是仁慈,您对待那些比您弱的人,比方说,对待仆人们,对待伙计们,是不是很严厉?"

"我素来是我的职工们的恩人,他们应当永远为我祷告上帝。"老人有把握地说,可是他受到尤丽雅的诚恳口气的感动,想要使她快活,就说,"好吧,明天把我的外孙女带来吧。我要吩咐买点小礼物送给她们。"

三 年 集

老人穿得不整洁,胸前和膝头上有雪茄烟灰,显然没有人给他擦皮靴,刷衣服。馅饼里的大米没有熟透,桌布有肥皂的气味,女仆的脚步声很响。老人也好,皮亚特尼茨基街上的这整所房子也好,都有一种被人抛弃的景象。尤丽雅感到了这一点,不由得为自己,为她的丈夫羞愧。

"明天我一定来看您。"她说。

她走遍各个房间,吩咐人打扫老人的卧室,把他房间里神像前的灯点起来。费多尔坐在自己的房间里,眼睛望着一本翻开的书,实际上却没有读。尤丽雅跟他谈了一阵,也吩咐人来收拾他的房间,然后走下楼,到伙计们那儿去。在伙计们吃饭的那个房间里,立着一根没有油漆过的木柱,撑住天花板,免得它塌下来。这儿的天花板低矮,墙上糊着便宜的壁纸,有煤气味和厨房的气味。碰巧这天是假日,所以伙计们都在家,坐在各自的床上,等着开饭。尤丽雅走进来,他们就都跳下地,胆怯地回答她问的话,阴沉地瞧着她,像是一群犯人。

"主啊,你们这个住处多么糟啊!"她说,把两只手举起轻轻一拍,"你们在这儿住得不挤吗?"

"虽然挤,可是不受气①,"玛凯伊切夫说,"我们对你们十分满意,总是为你们祷告仁慈的上帝。"

"这是生活和个人自尊心相符合。"波恰特金说。

玛凯伊切夫看出尤丽雅不明白波恰特金的意思,就赶紧解释说:

"我们是小人物,生活应当符合我们的身份。"

她察看学徒们的住处和厨房,跟管家妇见面,结果十分不满意。

她回到家里,对她的丈夫说:

"我们应该赶快搬到皮亚特尼茨基街去,在那边住下来。你每天也该到仓库去。"

然后他们两人在书房里并排坐下,沉默不语。他

---

① 这是俄国的一句谚语,意思是:这里虽然挤,但大家和睦相处,所以没有什么不舒服。

心头沉重,既不打算到皮亚特尼茨基街去,也不打算到仓库去,不过他猜出他妻子在想什么,他没有力量反驳她。他抚摩她的脸,说道:

"我有这么一种感觉,仿佛我们的生活已经完结,从现在起我们要开始过一种灰色的半生半死的生活了。先前我听说我哥哥费多尔病得没有希望了,我哭起来,我们是一块儿度过我们的童年和青年的,从前我满腔热情地爱他,现在却来了灾难,我觉得失去他也就是跟我的过去一刀两断了。现在呢,你说我们得搬到皮亚特尼茨基街去,搬到那个监牢里去,我就觉得我的前途也就此断送了。"

他站起来,走到窗子跟前。

"不管怎样也得跟幸福的想头告别了,"他瞧着街上说,"幸福是没有的。我从来也没得到过幸福,多半压根儿就不存在什么幸福。不过,我这辈子也幸福过一次,就是那天夜里我打着你的伞坐着的时候。你还记得有一天你把你的伞忘在我姐姐尼娜家里吗?"他回转身对着他的妻子,问道,"那时候我爱上了你,我记得我通宵打着那把伞坐在那儿,感到非常幸福。"

书房里那些书柜旁边放着一个红木镶青铜的五斗橱,是拉普捷夫用来保存各种用不着的东西的,其中就有那把伞。他把它拿出来,递给他的妻子。

"就是这把伞。"

尤丽雅对这把伞看了一会儿,认出来了,忧郁地笑了笑。

"我想起来了,"她说,"那次你对我表白爱情的时候,手里就拿着这把伞。"她看出他要走了,就说,"要是可能的话,请你早点回来。你不在,我闷得慌。"

然后她回到自己的房间里,久久地瞧着那把伞。

十七

仓库里虽然生意复杂,交易额很大,却没有会计人员,从账房办事员掌管的那个簿子上是什么也看不明白的。每天都有德国的和英国的经纪人到仓库来,伙计们常同他们谈政治和宗教,有一个酗酒的贵族也常来,这是个带着病容、模样可怜的人,他在账房里翻译外国信件,伙计们叫他矮子,给他加盐的茶喝。总的说来,整个商号依拉普捷夫看来好比是一个大怪物。

他每天到仓库去,极力想建立新的秩序。他禁止鞭打学徒,愚弄顾客,每逢看到伙计们开心地哈哈笑着,把不合用的陈货冒充最时髦的新货卖给外省人,他总要发脾气。如今他在仓库里是主要人物了,可是他仍旧不知道他的财产有多少,生意经营得是否好,老伙计们拿多少薪金,等等。波恰特金和玛凯伊切夫认为他年轻,没有经验,有许多事都瞒住他,每天傍晚跟瞎眼的老人鬼鬼祟祟地小声谈着什么。

六月初的一天,拉普捷夫和波恰特金走进布勃诺甫斯基饭馆吃早饭,顺便谈一下生意上的事。波恰特金早就在拉普捷夫家的商号里工作,刚八岁就到他们这儿来学徒。他是老板的心腹,得到充分的信任。他走出仓库以前,总把现金柜里所有的进款统统拿出来,塞进他的衣袋,却一点也不会引起怀疑。他在仓库里和家里都是头号人物,在教堂里也是一样,代替老人履行管理的责任。由于他对待手下的伙计和学徒十分凶狠,大家就送他一个外号,叫玛留达·斯库拉托夫①。

他们走进饭馆以后,他就对跑堂的点一下头,说:

"老弟,给我们拿半个怪物和二十四个纠纷来。"

过了一会儿,跑堂的端着一个托盘,送来半瓶白酒和几碟各种各样的凉菜。

"听我说,伙计,"波恰特金对他说,"给我们来一份诽谤和中伤的大师,外加土豆泥。"

跑堂的不懂,心慌了,想说话,可是波恰特金严厉地瞧着他,说:

"此外!"

跑堂的紧张地思索着,然后去找同事们商量,最后

---

① 伊凡四世(雷帝)特辖区军团领导人之一,对于伊凡四世的统治起过很大的作用。

总算猜出来了,端来一份牛舌头。他们各自喝下两杯酒,吃了点菜,拉普捷夫就问:

"告诉我,伊凡·瓦西里奇,近几年我们的生意不行了,是真的吗?"

"一点也不然。"

"请您老老实实告诉我,以前我们的收入有多少,现在有多少,我们的产业有多大。要知道,摸着黑走路是不行的。不久以前我们仓库里开了一份账单,可是,对不起,我不相信这本账;您认为有一些事必须瞒着我,只对我父亲说实话。您从早年起就习惯于耍手段,现在不耍都不行了。可是这有什么必要呢?所以,我请求您,坦白地说出来。我们的生意到底处于什么样的景况?"

"那全得看信用的涨落而定。"波恰特金想了一会儿,回答说。

"您所说的信用的涨落是指什么?"

波恰特金就开始解释,可是拉普捷夫一点也听不懂,就打发人去找玛凯伊切夫来。这个人立时就来了,祈祷一下,吃了点凉菜,然后就用他那庄重、低沉的男中音首先讲到伙计们应当昼夜为他们的恩人祷告。

"很好,只是要请您不要把我看作你们的恩人。"拉普捷夫说。

"每个人都得记住自己是什么人,明白自己的身份。由于上帝的仁慈,您做了我们的父亲和恩人,我们是您的奴隶。"

"我简直听厌这些话了!"拉普捷夫生气地说,"劳驾,现在请您做一回我的恩人,说说我们的生意处于什么样的状况。请您不要把我当作小孩子,要不然我明天就叫仓库关门。我父亲瞎了,我哥哥进了疯人院,我的外甥女还小,我痛恨这个行业,巴不得一走了事,可是没有人来接替我,这您自己也知道。看在上帝分上,丢开那些耍手段的把戏吧!"

他们就到仓库去算账;傍晚,他们又回到他家去算,同时老人亲自来帮忙。老人把他经商的秘诀传授给他的儿子,从他说话的口气听来,仿佛他不是做买卖,而是施魔法似的。结果,他们算出他们的收入每年增加将近一成,拉普捷夫家的财产,单以现金和有价证券计算,就有六百万卢布之多。

晚上十二点多钟算完账后,拉普捷夫走到空气清爽的户外,觉得自己仍旧处在那些数字的魔力的支配下。夜晚宁静,月光皎洁,天气闷热,莫斯科河南岸区那些房屋的白墙,那些沉重的、紧闭的街门,那种寂静,那些黑影,给人留下的总印象像是一座堡垒,只缺荷枪的卫兵了。拉普捷夫走进小花园,在围墙旁边一条长凳上坐下,那道围墙把这边和隔壁人家的院子隔开,围墙那一边也是个小花园。稠李正在开花。拉普捷夫回忆这棵稠李在他小时候就这样弯曲多节,这样高大,从那时候起一点也没有变样。花园和院子的每一个角落都使他想起遥远的过去。在他小时候,就跟现在一样,透过稀疏的树木可以看见浸在月光里的整个院子,那些阴影也神秘而严峻,院子里也躺着一条黑狗,伙计们的窗子也敞开着。所有这些回忆都是黯淡无欢的。

从围墙那一边,别人家的院子里,传来轻微的脚步声。

"我亲爱的,我的宝贝……"靠近围墙有一个男人在低语,拉普捷夫甚至听见呼吸声。

那儿有人在接吻。拉普捷夫相信,百万家财以及他不感兴趣的行业将会断送他的生活,把他彻底变成奴隶。他想象他怎样渐渐习惯于他的地位,渐渐成为这家商号的头脑,于是开始麻木,衰老,心情恶劣,精神委顿,弄得四周的人十分愁闷,最后像一般的庸人那样死掉。那么,到底是什么东西阻碍他抛弃那几百万家财,抛弃那个行业,离开这个他从小就憎恨的小花园和院子呢?

围墙那一边的低语声和接吻声使他激动。他走到院中央,解开衬衫胸前的纽扣,瞧着月亮,觉得自己似乎马上会吩咐人打开小花园的便门,走出去,从此再也不回来。对自由的预感使他的心甜蜜地收紧,他快活地笑着,暗自想象那会是一种多么美妙而富于诗意的、也许甚至神圣的生活。……

可是他一直站在那儿没有走,他就问自己:"到底是什么东西把我留在这儿呢?"他气恼自己,也气恼那条黑狗,它躺在石板上,却不到旷野上去,到树林里去,在那边它会无拘无束,十分快活的。不论是他,还是那条狗,显然都受同一种东西的阻挠而没有离开这个院子,那就是他们习惯于不自由,习惯于奴隶的状态了。……

第二天中午他坐车到他妻子那儿去,为了免得沉闷,他约亚尔采夫一块儿去。尤丽雅·谢尔盖耶芙娜住在布托沃村一个别墅里,他已经有五天没去了。火车到了站,两个朋友就坐上一辆马车,一路上亚尔采夫不停地唱歌,赞叹好天气。别墅坐落在离火车站不远的一个大花园里。离大门二十步远,正是林荫大道开头的地方,尤丽雅·谢尔盖耶芙娜坐在一棵树顶宽阔的老杨树下面,正在等她的客人。她身穿单薄而雅致、镶着花边的淡黄色连衣裙,手里拿着那把熟悉的旧伞。亚尔采夫跟她打了个招呼,就往别墅走去,那边传来萨霞和丽达的说话声。拉普捷夫却在她身旁坐下,想跟她谈一谈那边的生意。

"你为什么这样久没有来?"她问,没有松开他的手,"我整天坐在这儿等你来。你不在,我就闷得慌!"

她站起来,伸手抚摩一下他的头发,好奇地瞧他的脸、他的肩膀、他的帽子。

"你知道,我爱你,"她说,脸红了,"你对我来说是宝贵的。现在你来了,我看见你,就幸福得什么似的。哦,我们来谈一谈。你跟我讲点什么吧。"

她对他诉说她的爱情,他呢,却觉得仿佛他跟她结婚已经有十年了似的,眼下他一心想吃早饭。她搂住他的脖子,她那件连衣裙的绸子使他的脸感到发痒。他呢,轻轻推开她的胳膊,站起来,什么话也没说,往别墅走去。两个小姑娘迎着他跑过来。

"她们长得好高!"他暗想,"这三年起了多么大的变化。……不过我也许还得再活十三年,三十年呢。……不知道将来还会有什么事等着我们!不过活下去总会看见的。"

他拥抱萨霞和丽达,她俩就搂住他的脖子。他说:

"外公问你们好……费佳舅舅快要死了,柯斯嘉舅舅从美国写信回来,叫我向你们问好。他看腻了展览会,不久就要回来了。阿辽沙舅舅呢,肚子饿了。"

然后他在露台上坐下来,看见他的妻子沿着林荫道往别墅这边慢慢地走来。她在想什么心事,脸上现出迷人的忧郁神情,眼睛里闪着泪光。她已经不是原先那个清瘦、脆弱、脸色苍白的姑娘,而是一个成熟、漂亮、健壮的妇人了。拉普捷夫还发觉亚尔采夫痴迷地瞧着她,她那种新的、娇美的神情反映在他的脸上,他那张脸也显得忧郁而痴迷了。看样子,好像他是生平第一次看见她似的。临到他们在露台上吃早饭,亚尔采夫不知怎的又高兴又腼腆地微笑,一直瞧着尤丽雅,瞧着她那美丽的脖子。拉普捷夫不由自主地瞧着他们,心里暗想,也许还得再活十三年,三十年呢。……那段时期会经历到什么事呢?将来有些什么事等着我们呢?

他暗想:

"活下去总会看见的。"

识别上方二维码
免费收听契诃夫小说精彩片段